Às 3h15

Às 3h15

L. M. Florido

Autor: Luciana Machado Florido
Design da capa: Jose Silva
ISBN: 9789403778860

"Agradeço de coração à minha família, que é meu alicerce. Ao Marido, por todo apoio e amor; à minha mãe, pela sabedoria e força; e ao meu filho Marcos, minha maior inspiração. Sem vocês, nada disso seria possível. "

1.

Primeiro Eco

Situada em um vale cercado por montanhas, a cidade de Monteres tinha uma arquitetura que mesclava casarões antigos com prédios modernos, em uma combinação que refletia o tempo parado e o progresso, quase a contragosto. As ruas eram silenciosas após o anoitecer, como se a cidade estivesse acostumada a guardar segredos. Os moradores seguiam suas rotinas reservadas, sem grandes ambições ou pretensões de mudança, como se algo na própria essência de Monteres os mantivesse enraizados. Havia ali um peso, uma quietude tensa, que os habitantes raramente comentavam, mas que todos sentiam.

Naquela madrugada, o silêncio opressivo de Monteres parecia ainda mais denso, como se a cidade estivesse segurando o fôlego. Helena Prado dirigia pelas ruas vazias, as luzes dos postes passando rápidas pela janela, projetando sombras sobre seu rosto tenso. Os olhos firmes na estrada e a mente acelerada, ela mantinha o foco no caminho, consciente de que o destino daquela noite marcaria o começo de algo maior. Acabara de receber a chamada: um corpo fora encontrado em um dos becos do centro antigo, um local inusitado para um crime em Monteres, onde os acontecimentos geralmente se limitavam a pequenos furtos ou discussões acaloradas. Esse, no entanto, era diferente.

Helena era uma mulher de presença marcante; seu olhar atento e sua postura firme denunciavam a experiência acumulada ao longo de anos no departamento de polícia.

Ao chegar ao local, um beco estreito, Helena se deparou com uma cena perturbadora. O corpo de um homem de meia-idade jazia no chão, pálido sob a fraca luz da rua. Ao lado dele, cuidadosamente posicionado, um relógio de bolso antigo, de prata, com sua tampa aberta. O ponteiro das horas e dos minutos congelados às 3h15 da manhã.

Helena se abaixou ao lado do corpo, examinando a cena com os olhos afiados que tantos anos de experiência haviam treinado. O homem parecia ter sido surpreendido. Não havia sinais de luta. A expressão em seu rosto, no entanto, contava uma história diferente. Seus olhos ainda estavam arregalados, como se ele tivesse visto algo que nunca esperava.

— Quem é ele? — perguntou ela, sem tirar os olhos do relógio.

O seu parceiro Augusto consultou suas anotações, ele trabalhava com Helena a poucos anos, ainda não tinha visto um crime desse tipo, estava nervoso com a situação.

— Carlos Brandão, 45 anos. Proprietário de uma loja de antiguidades. Foi encontrado por um dos moradores do prédio vizinho, que ouviu um barulho incomum... algo como um baque seco, seguido de silêncio.

Helena respirou fundo, a mente já começando a tecer possíveis cenários. Carlos Brandão não parecia ser o tipo de pessoa que frequentaria aquele beco no meio da madrugada. Algo o havia levado até ali ou alguém.

O som de passos pesados interrompeu seus pensamentos, e ela se virou para ver Rubens, o chefe da equipe forense, aproximando-se com um olhar concentrado e cuidadoso. Ele ajeitou os óculos sobre o nariz, observando a cena como se tentasse decifrar um enigma complexo.

Helena ergueu o olhar para ele.

— Rubens, o que acha que causou a morte?

Ele suspirou, com a expressão severa de quem já viu de tudo, mas ainda se impressiona.

— Ainda é cedo para afirmar, mas não há sinais de violência física direta, como facadas ou tiros. Parece... planejado. Preciso de mais tempo para confirmar, mas pelas marcas no pescoço parece um estrangulamento.

Helena assentiu, absorvendo as informações enquanto seus olhos pousavam novamente no relógio de bolso.

— E quanto ao relógio? — Ela indicou o objeto ao lado do corpo, hesitante.

— Parece que tem algo escrito, posso tocá-lo?

Rubens olhou para o relógio com um misto de fascínio e cautela.

— Ainda não, Helena. Vamos fazer uma análise cuidadosa antes. Há algo estranho nele, algo proposital. Mas vamos tratar com muito cuidado; o assassino deixou isso aí por uma razão.

— Congelado às 3h15 — murmurou Helena, mais para si mesma.

— Quem quer que tenha feito isso, queria que soubéssemos dessa hora.

Rubens concordou, franzindo a testa.

Helena deu um passo para trás e fitando o beco, seu olhar rastreando o entorno em busca de câmeras ou algum vestígio de movimento. Ela virou-se para Augusto, que a observava, esperando instruções.

— Augusto, preciso que verifique todas as câmeras nas ruas que dão acesso a esse beco. Cada uma delas, especialmente as que cobrem as esquinas próximas — ordenou ela, firme.

— Se temos alguma chance de ver quem trouxe Brandão até aqui, será por essas câmeras.

Augusto assentiu rapidamente, já pegando o celular para iniciar as solicitações.

— Vou fazer isso agora mesmo, Helena. Ah, e quanto ao morador que chamou a polícia?

— Boa lembrança, é aquele homem? — respondeu Helena, varrendo a cena com o olhar até enxergar uma figura sentada ao longe, quase encoberta pelas sombras de uma marquise.

Augusto assentiu.

—Sim, é ele. Segundo os oficiais, ele ouviu um som estranho no beco, algo que descreveu como um baque surdo, e depois chamou a emergência. Está visivelmente abalado.

Ela caminhou até ele com passos lentos, tentando não assustá-lo. Ele parecia um homem na casa dos cinquenta, de cabelo grisalho e ombros caídos. Estava visivelmente nervoso, tamborilando os dedos no joelho enquanto olhava fixamente para o chão. Helena aproximou-se, agachando-se ao seu lado para não parecer intimidante.

— Boa noite, senhor. Sou a detetive Helena Prado — disse ela, apresentando-se com calma.

— Você pode me contar o que aconteceu? Ouvi que você foi quem chamou a polícia.

O homem levantou os olhos, hesitante, e limpou a garganta.

— Sim... eu estava tentando dormir, mas ouvi um som estranho... como se alguém tivesse deixado cair algo pesado, sabe? Não foi alto, mas... suficiente para me incomodar. Levantei, olhei pela janela, e vi um homem deitado do chão. Fiquei com um pressentimento ruim. Liguei para a emergência.

Helena assentiu.

— O senhor viu alguma coisa? Talvez uma sombra, algum movimento?

Ele balançou a cabeça, ainda nervoso.

—Não... estava tudo quieto quando olhei. Só fiquei aqui, esperando.

Helena agradeceu, observando o rosto dele em busca de algo que talvez ele ainda não tivesse mencionado.

— Qual o seu nome, senhor?

— Amadeu... Amadeu Siqueira — respondeu ele.

Ela sorriu levemente, numa tentativa de confortá-lo.

— Obrigado, Amadeu. Vou pedir que um oficial o leve para prestar um depoimento formal, ok? Qualquer detalhe, por menor que seja, pode ser importante.

Enquanto ela se afastava, a expressão do homem refletia alívio e tensão. A noite continuava silenciosa, mas Helena sabia que aquele silêncio escondia mais segredos do que poderiam imaginar. Ela lançou um olhar rápido a Augusto, que já estava ao telefone, tentando obter as imagens de segurança.

Rubens, o chefe da equipe forense, se aproximou com uma expressão séria e o relógio de bolso na mão. Ele parou à frente de Helena, erguendo o objeto com cuidado e dizendo, com um tom que misturava surpresa e preocupação:

— Helena, o relógio que queria ver de perto .

Ela imediatamente colocou as luvas, estendeu a mão e pegou o relógio com toda a cautela. A peça, com o peso frio e o metal desgastado, parecia conter um eco das muitas décadas que havia sobrevivido. Era um relógio antigo, quase uma obra de arte. A tampa estava aberta, revelando os ponteiros parados precisamente às 3h15. O que lhe chamou a atenção, porém, foi a inscrição no interior da tampa:

O tempo não espera.

Helena franziu a testa, observando a inscrição como se pudesse encontrar nela alguma resposta oculta, cada palavra carregada de um peso perturbador, quase como uma provocação. Algo naquele relógio parecia meticulosamente planejado, feito para ser encontrado, como uma mensagem calculada.

Ela ergueu os olhos para Rubens, a expressão séria e resoluta.

— Obrigada Rubens pela rapidez, e o celular da vítima, você encontrou? — Perguntou Helena.

Rubens balançou a cabeça negativamente, fazendo uma pausa antes de responder.

— Não, não encontramos o celular, apenas a carteira.

— Rubens, preciso que priorize cada detalhe desta cena. As análises de DNA, fibras, qualquer coisa que possa ter sido deixada pelo assassino. E assim que você descobrir qualquer coisa, mesmo que seja mínima, venha me procurar imediatamente. — seu tom revelando a urgência da questão.

Rubens assentiu, ciente da urgência.

— Pode deixar, Helena. Vamos acelerar tudo, vou tratar isso como prioridade máxima.

Ela fez um breve sinal de agradecimento, enquanto devolvia o relógio com todo o cuidado, observando-o ser colocado em um saco de evidências. Sabia que aquele objeto, de alguma forma, era uma peça fundamental no quebra-cabeça.

Helena mal teve tempo de digerir as informações sobre o relógio quando Augusto se aproximou, a expressão grave.

— Helena, temos um problema — ele começou, hesitante, quase como se não quisesse acreditar no que estava prestes a dizer.

— Falei com o Mauro, ele é muito rápido já verificou todas as câmeras que temos acesso, e todas da área falharam exatamente às 3h15, pararam por três minutos e depois voltaram a funcionar, como se alguém tivesse... desligado propositalmente.

Helena claramente irritada.

— Quer dizer que não temos imagens nenhuma?

Augusto assentiu, visivelmente frustrado.

— Mas conseguimos algo antes disso: as câmeras captaram imagens do Carlos Brandão chegando ao beco. Ele parecia... perturbado, como se estivesse esperando alguém ou algo. Ele verificava o relógio e olhava ao redor, como se aguardasse alguém que estava atrasado.

Helena refletiu por um momento, absorvendo a informação. Carlos estava ali por vontade própria. Ele não fora surpreendido, mas atraído até aquele local. Alguém o levou a estar ali, e esse alguém controlava cada detalhe com precisão meticulosa, incluindo o desligamento das câmeras.

— Ótimo trabalho, Augusto — ela disse, apesar da frustração visível.

— Quero que você vasculhe qualquer outra câmera nas proximidades, mesmo que sejam de casas ou comércios mais distantes. Precisamos entender como ele chegou ao beco e, principalmente, se alguém estava esperando por ele antes das câmeras serem desligadas.

Augusto assentiu, determinado, e saiu para dar continuidade à busca.

Helena caminhou lentamente até a entrada do beco, enquanto os outros policiais isolavam a área. Olhou para o relógio em seu pulso: 4h45 da manhã. A cidade ainda dormia, mas ela sabia que, quando o sol surgisse, as manchetes já estariam estampadas com esse crime misterioso.

Uma sensação incômoda começou a se formar no fundo de sua mente, como se alguém estivesse observando seus pensamentos de longe, esperando para ver sua reação. E isso a irritava.

Ela voltou para perto do corpo e olhou novamente para o rosto congelado de Carlos Brandão. "Por que você?" ela pensou. Ele parecia inofensivo, alguém que não faria inimigos facilmente. Mas, é claro, ninguém em Monteres era exatamente o que aparentava ser. Isso, Helena sabia melhor do que ninguém.

De repente, seu telefone vibrou no bolso. Uma mensagem. Ao abrir, encontrou um texto curto e direto, enviado de um número desconhecido:

"O relógio marca o tempo."

Ela sentiu o coração acelerar por um segundo, mas logo controlou a respiração.

Com determinação discou para o Mauro, ele era o técnico da polícia. Embora estivesse lá há pouco tempo, mostrava-se eficiente e meticuloso, sempre com um ar de cansaço e sem disfarçar o desagrado quando Helena cruzava seu caminho.

— Mauro falando — respondeu uma voz monótona do outro lado da linha.

— Mauro, aqui é a investigadora Prado. Preciso que rastreiem uma mensagem urgente que acabei de receber, enviada de um número desconhecido — disse ela, controlando o tom da voz para disfarçar a tensão.

— Certo, detetive — respondeu ele.

— Preciso que isso seja prioridade máxima — acrescentou, firme. — Se conseguirem localizar qualquer rastro digital, mesmo que pequeno, me avisem imediatamente.

Ao desligar o telefone, a sensação de estar sendo observada voltou mais intensa do que nunca.

Ao pensar mais uma vez no relógio de bolso que encontrou ao lado do corpo de Carlos Brandão, Helena percebeu que aquele objeto, com acabamento meticuloso, não era uma peça qualquer, algo em seu design e no peso sólido do metal a fez lembrar da própria loja de antiguidades que Carlos administrava. Helena puxou o telefone do bolso do casaco. O ar estava frio, e o cheiro metálico do sangue ainda pairava no local, misturado ao odor úmido das paredes cobertas de musgo. Com os olhos fixos no corpo de Carlos Brandão, ela discou rapidamente, esperando apenas um toque antes de ouvir a voz inconfundível do chefe de polícia.

— Helena? O que aconteceu? — A voz rouca de Ramos veio do outro lado, carregada de uma preocupação habitual.

Ramos era um homem com décadas de serviço, conhecido tanto por sua presença imponente quanto por sua habilidade de manter a calma em meio ao caos. Seus cabelos grisalhos e o bigode bem aparado davam a ele uma aparência de severidade, mas aqueles que o conheciam sabiam de sua lealdade inabalável à equipe. Era um líder que inspirava confiança e tinha um jeito particular de misturar sarcasmo com seriedade.

— Ramos, temos um homicídio, Carlos Brandão, dono de um antiquário. — Helena falou com firmeza. — O local do crime não é suficiente. Preciso de autorização para acessar a loja dele. Há chances de encontrarmos algo que ligue os pontos.

— Entendi. Vou resolver a parte burocrática daqui. Não quero que fiquem presos em papelada. Vá com sua equipe e faça o que for necessário. Mas me mantenha informado.

— Sempre. — Helena desligou e respirou fundo, o peso do caso já se acumulando em seus ombros.

Ela se virou para Augusto, que estava a alguns metros, conversando com um dos oficiais que mantinham o perímetro isolado.

— Augusto, vou para a loja com a equipe. Preciso que você vá à casa de Carlos Brandão. Avise a família sobre o que aconteceu e veja o que consegue. Pergunte sobre a rotina dele, quem ele encontrava, se alguém o ameaçou recentemente. Tudo que puder descobrir. — O tom de Helena era firme, mas havia uma nota de empatia nas palavras.

Augusto assentiu, os olhos revelando a determinação de um profissional em formação.

— Nos encontramos lá depois. — Helena deu um último olhar para a cena do crime antes de sair, o som de seus passos ecoando no beco enquanto ela caminhava para o carro que a levaria ao próximo cenário desse quebra-cabeça.

2.
Sombras Ocultas

O dia já estava nascendo quando Helena estacionou em frente à loja de antiguidades de Carlos Brandão. As luzes pálidas do amanhecer contrastavam com as sombras profundas que ainda preenchiam as ruas. A fachada discreta da loja, com seu letreiro antigo que dizia "Relíquias de Monteres", estava fechada e parecia resistir ao tempo e à curiosidade dos passantes. Helena saiu do carro, ajustando o casaco contra o frio matinal, e olhou para a equipe que havia trazido consigo.

— Isolem a área e preparem-se para entrar. — Sua voz era firme, e os agentes imediatamente começaram a se mover, instalando fitas amarelas ao redor da entrada.

Com um aceno de cabeça, um dos policiais se aproximou da porta e, com uma ferramenta pesada, arrombou a fechadura. O estalo seco ecoou pela rua deserta, e Helena foi a primeira a entrar. O cheiro característico do lugar a atingiu de imediato: uma mistura agridoce de madeira envelhecida e couro desgastado, um odor que parecia se agarrar ao ar. A loja, iluminada apenas pela luz fraca que passava pelas janelas empoeiradas, era um labirinto de prateleiras e vitrines. Cada canto estava repleto de objetos que pareciam conter ecos de vidas passadas: relógios de bolso, castiçais de bronze, globos terrestres desbotados e livros com lombadas desgastadas pelo tempo.

Helena percorreu o espaço com cuidado, seus passos ecoando levemente no piso de madeira. Passou os olhos atentos por gavetas abertas e vitrines empoeiradas, mas nada parecia oferecer uma conexão óbvia com os assassinatos. Até que algo chamou sua atenção no balcão principal.

Sob um amontoado de papéis amarelados e contas antigas, uma foto emoldurada estava parcialmente escondida. Helena pegou o quadro com cuidado. Era uma imagem antiga de Carlos Brandão, mais jovem e bem vestido, parado em frente a um prédio imponente com a placa "Construtora Monteres" em destaque. O sorriso discreto e a postura confiante sugeriam que ele desempenhara um papel importante naquela empresa.

Ela franziu a testa, intrigada. Construtora Monteres? Era uma pista que não esperava. Sacou o celular e tirou uma foto da imagem antes de chamar um dos agentes.

— Guardem isso como evidência. Quero uma análise detalhada dessa foto, incluindo a época e qualquer outra informação que consigam levantar sobre essa construtora — disse, entregando o retrato.

O agente assentiu e embalou a foto cuidadosamente. Helena deu uma última olhada ao redor da loja, como se esperasse que algo mais saltasse aos seus olhos. Mas o local, por enquanto, havia revelado tudo o que podia.

— Continuem trabalhando aqui. Quero um relatório completo até o fim do dia — instruiu, já se dirigindo à porta.

Deixando a equipe em meio ao labirinto de antiguidades, Helena saiu da loja e entrou no carro. Agora, tinha outro destino em mente: o apartamento de Carlos Brandão. Lá, Augusto já a esperava com possíveis novas pistas, e Helena sabia que cada minuto era crucial.

Helena Prado estacionou o carro em frente ao prédio antigo de fachada descascada e janelas altas, cada uma com varandas de ferro forjado que pareciam ter testemunhado décadas de histórias. O sol da manhã já banhava as ruas, mas o calor ainda não dissipara o ar frio e úmido da madrugada. Subindo as escadas de madeira que rangiam sob seus passos, Helena chegou ao segundo andar. Augusto já a aguardava e abriu a porta antes que ela pudesse bater.

— Chefe — disse ele, mantendo a voz baixa, com o semblante cansado. — Ainda estou esperando a irmã dele, Clara, se recompor. Achei melhor dar um tempo antes de começarmos com as perguntas.

Helena assentiu e entrou no apartamento. O local era pequeno, mas acolhedor, organizado de forma quase obsessiva. Cada móvel parecia ter sido escolhido com cuidado, desde a estante repleta de livros antigos até o relógio de parede que marcava o tempo em um ritmo preguiçoso. As paredes, pintadas em um tom bege desbotado, exibiam quadros que retratavam Monteres em sua glória passada: ruas de paralelepípedos, mercados ao ar livre, e figuras a cavalo.

O aroma de madeira envelhecida e poeira permeava o ar, misturado a um leve toque de lavanda que parecia vir de um vaso com flores secas sobre a mesa da sala. No canto, uma poltrona gasta, com uma manta dobrada cuidadosamente sobre o braço, sugeria o local preferido de Carlos para leitura ou reflexão.

Na sala de estar, Clara Brandão estava sentada em um pequeno sofá de tecido floral. Ela segurava um lenço branco com as duas mãos, os dedos entrelaçados e inquietos. Seus olhos, vermelhos e inchados, denunciavam horas de choro. O rosto pálido e os lábios trêmulos davam a impressão de que estava tentando processar o que acontecera, mas não encontrava palavras para expressar sua dor.

Helena se aproximou lentamente, tomando um momento para observar Clara antes de se sentar em uma cadeira ao lado dela.

— Clara? — chamou Helena em um tom suave, mas firme. — Sei que esse momento é difícil, e lamento pela sua perda. Mas qualquer coisa que você puder nos contar sobre o Carlos será crucial para entendermos o que aconteceu.

Clara ergueu os olhos com um esforço visível, sua respiração irregular enquanto tentava reunir forças para falar, suas mãos inquietas torciam um lenço branco entre os dedos, enquanto ela olhava para Helena com uma mistura de medo e desconfiança. A presença da detetive parecia trazer um peso ainda maior para o ar já denso do apartamento.

— Você sabia onde seu irmão estava na noite passada? — Helena perguntou, sem rodeios.

Clara piscou rapidamente, como se a pergunta a tivesse atingido de surpresa.

— Ele... não me disse nada. Não nos falávamos com tanta frequência. Carlos era... reservado. — Sua voz saiu hesitante, quase frágil.

Helena permaneceu impassível, mas seus olhos analisavam cada nuance da mulher à sua frente. Ninguém entregava tudo de primeira.

— Quando foi a última vez que o viu?

— Ontem pela manhã, ele saiu cedo para trabalhar. — Clara fez uma pausa, buscando força nas palavras. — Carlos herdou a loja do nosso pai, e eu ajudava com a parte burocrática. — Sua voz falhou no final, e uma lágrima solitária escorreu por seu rosto. — Eu não entendo por que alguém faria isso com ele.

— Ele mencionou algo estranho recentemente? — Helena insistiu. — Qualquer coisa fora do comum?

Clara balançou a cabeça lentamente, mas então hesitou.

— Não exatamente estranho, mas... — Ela respirou fundo, o olhar perdido no lenço em suas mãos. — Ele vinha recebendo visitas de um homem. Não sei quem era, mas ele parecia sempre tenso depois dessas visitas.

Helena inclinou-se um pouco à frente.

— E você não perguntou quem era?

— Perguntei, mas Carlos só dizia que era "um cliente importante". Depois disso, ele ficou mais calado, mais preocupado. — Clara abaixou a cabeça, apertando o lenço com mais força.

— Clara, se lembrar de mais alguma coisa, por menor que pareça, me avise. Isso pode ser crucial.

Clara assentiu, as lágrimas voltando a rolar silenciosamente.

Helena e Augusto deixaram o apartamento de Carlos Brandão, fechando a porta com uma cautela que contrastava com a inquietação que crescia em suas mentes. As palavras de Clara ecoavam e as imagens do crime persistiam na memória de Helena, mas não havia espaço para hesitação. Ao chegarem à delegacia, atravessaram o corredor em silêncio, o peso do caso estampado em seus rostos. O som constante de telefones, passos e conversas parecia distante enquanto se encaminhavam, determinados, para o setor de TI.

Mauro, o responsável pelo setor, estava inclinado sobre sua mesa, digitando rapidamente em seu teclado. As telas ao redor piscavam com uma infinidade de códigos e gravações de câmeras. Ele levantou o olhar quando Helena e Augusto entraram.

— Bem-vindos ao meu pequeno paraíso — disse Mauro, com seu habitual tom sarcástico, sem parar de digitar. — O que trouxe vocês aqui desta vez?

— Precisamos falar sobre as câmeras da cena do crime — disse Helena, ignorando a provocação. — Há algo estranho sobre o desligamento delas.

Mauro bufou, virando-se para uma das telas.

— Estranho é um jeito gentil de colocar. — Ele clicou em alguns arquivos, e uma imagem apareceu. — Aqui está o que consegui recuperar.

A tela mostrava Carlos Brandão entrando no beco. Ele parecia agitado, olhando constantemente por cima do ombro. Mauro pausou a gravação.

— 3h14, ele entra no beco. — Mauro avançou alguns segundos e, de repente, a imagem congelou. — E então... tudo desaparece.

Ele pulou para a próxima sequência. A imagem voltou às 3h18, mostrando Carlos já caído no chão, imóvel.

— Três minutos exatos — Mauro explicou, cruzando os braços. — Quem quer que tenha feito isso, sabia o que estava fazendo.

Helena estreitou os olhos para a tela, os lábios pressionados em uma linha fina.

— E sobre as câmeras nas redondezas? Alguma que dê visão do acesso ao beco?

Mauro suspirou, clicando em outro arquivo.

— Todas cortadas. — Ele apontou para um mapa exibido na tela. — Cada câmera em um raio de cinco quilômetros foi desligada no mesmo intervalo. Sem rastros, sem assinaturas.

— Isso não pode ser coincidência — murmurou Augusto, cruzando os braços ao lado de Helena.

— Não, não é — respondeu Mauro. — E quem fez isso, sabia exatamente o que estava fazendo. Não é coisa de amador.

Helena franziu a testa, pensativa.

— E quanto às câmeras da loja de Carlos? Quero que você analise as gravações da última semana. Procure por alguém que tenha causado desconforto ou com quem ele tenha discutido.

Mauro ergueu uma sobrancelha, relutante.

— Uma semana inteira? Vai levar um tempo.

— Faça o que puder, Mauro. Cada detalhe importa.

— Claro, claro. Tudo pelo brilho da sua simpatia, detetive.

Helena ignorou a provocação e já se preparava para sair quando Mauro chamou sua atenção novamente.

— Ah, mais uma coisa. — Ele digitou rapidamente, uma expressão séria substituindo o sarcasmo habitual. — Sobre a mensagem de texto que você recebeu.

Helena virou-se imediatamente.

— O que tem ela?

Mauro inclinou-se para frente.

— Foi enviada de um telefone pré-pago. Sem registro, sem localização. Provavelmente comprado só para isso e descartado logo depois.

Helena cerrou os dentes, frustrada.

— Sem chance de rastreá-lo, então.

— Infelizmente, não. — Mauro deu de ombros. — Quem quer que seja, está coberto em todas as frentes.

Helena assentiu, tentando mascarar a irritação crescente.

— Continue com as gravações da loja. Se encontrar qualquer coisa suspeita, me avise imediatamente.

Mauro acenou com a cabeça, já voltando sua atenção para os monitores.

Helena e Augusto deixaram a sala, caminhando novamente pelos corredores da delegacia. A tempestade lá fora começava a cair, e Helena não pôde deixar de sentir que ela refletia perfeitamente o caos que se aproximava.

Helena se acomodou na cadeira, olhando para o computador enquanto pensava nas próximas etapas do caso. Virou-se para Augusto e pediu:

— Augusto, preciso que você consiga os registros de chamadas e mensagens do celular de Carlos Brandão. O dispositivo ainda não foi encontrado, então vamos tentar obter essas informações diretamente da operadora.

Augusto assentiu e rapidamente respondeu:

— Deixa comigo, vou providenciar isso. E então, aproveitou para questionar: Helena, e se o relógio não for uma assinatura? E se for realmente de Carlos Brandão? Talvez ele o tenha deixado cair durante o ataque, e o relógio tenha quebrado ali.

Helena refletiu por um momento, inclinando-se levemente para frente.

— É uma possibilidade. — disse ela, com um tom pensativo. — Mas, honestamente, ele estava posicionado de maneira tão precisa, como se tivesse sido colocado ali de propósito. Mesmo assim, precisamos confirmar.

Por dentro, Helena sentia uma tensão crescente, algo que ela ainda não compartilhara com Augusto. A mensagem anônima que recebera — "O relógio marca o tempo" — ainda pairava em sua mente. Sabia que algo estava por trás daquelas palavras, mas não queria revelar sua preocupação naquele momento. Não ainda. Talvez fosse uma pista, talvez uma ameaça, mas ela precisava de mais informações antes de dividir aquilo com seu parceiro.

Augusto fez um gesto afirmativo e, sem perder tempo, pegou o telefone.

— Vou ligar para a equipe forense e pedir que verifiquem se o relógio estava realmente quebrado ou se apenas parou no momento do crime.

Helena observou enquanto ele fazia a ligação, e, enquanto ele falava com o responsável pela análise forense, se levantou, decidida a falar com o chefe Ramos.

Ramos estava sentado em sua mesa, examinando alguns relatórios, mas ergueu os olhos quando Helena entrou.

— Helena, que bom que veio. Como foi na loja do Carlos Brandão? Encontrou algo relevante?

— Ainda é cedo para dizer, mas havia uma foto curiosa — disse ela, sentando-se diante dele. — Carlos, parado em frente a uma construtora chamada Montercs. — Helena mostrou a imagem no celular. — Não sei o que isso significa ainda, mas algo me parece fora do lugar.

Ramos estudou a foto por um momento e depois devolveu o celular.

— Estamos esperando os resultados forenses da cena do crime e da loja. Por enquanto, o único suspeito é aquele homem que a irmã de Carlos mencionou. Parece que ele vinha pressionando Carlos ultimamente.

— Você tem mais alguma coisa sobre ele? — Ramos perguntou.

— Ainda não, mas estou atrás disso — respondeu Helena. — Ele pode ser a chave para entender o que aconteceu.

Ramos recostou-se na cadeira, cruzando os braços.

— E o relógio? O que você acha que ele representa? — Ramos perguntou, arqueando uma sobrancelha, seu olhar focado.

Helena ficou em silêncio por um momento, escolhendo cuidadosamente as palavras.

— Ainda estamos tentando entender. — Ela respondeu, com cautela. — Pode ter caído do bolso de Carlos durante o ataque, mas também pode ser uma assinatura. Estamos investigando mais a fundo.

Ela fez uma pausa, o semblante tenso. Havia algo mais que ela não queria dizer, mas decidiu ir em frente.

— Mas tem algo mais que preciso te contar. Hoje, recebi uma mensagem anônima no meu celular. A mensagem dizia: "O relógio marca o tempo."

Ramos se inclinou para frente, seu olhar se intensificando. A surpresa se transformou em preocupação.

— O assassino te conhece. Ele sabia que você estava no caso. — Ele murmurou, quase para si mesmo, mas Helena captou o tom de apreensão. — Isso muda tudo. Ele não está apenas cometendo um homicídio... Está te convidando para um jogo.

Helena sentiu um arrepio atravessar sua espinha. As palavras de Ramos tornaram tudo ainda mais grave, mais complexo.

— Isso é maior do que imaginamos. — Ramos olhou diretamente para ela, os olhos fixos. — Se o relógio não foi um acidente, ele está te dando uma pista. E isso pode ser mais do que um simples crime. Estamos lidando com algo muito maior.

Ramos balançou a cabeça lentamente, o semblante sério, mas com uma confiança inabalável na detetive.

— Confio no seu instinto, Helena. Qualquer novidade, me avise imediatamente. Esse caso não pode sair do controle.

Helena assentiu antes de sair da sala, determinada a juntar as peças faltantes.

A tarde avançava na delegacia, e o clima de urgência tomava conta do ar. Mauro, o responsável pelo setor de TI, estava debruçado sobre seus monitores, analisando as imagens das câmeras da loja de Carlos Brandão. Quando Helena e Augusto entraram na sala, ele levantou o olhar, indicando que tinha algo importante para mostrar.

— Conseguimos algo? — perguntou Helena, parando ao lado dele.

Mauro acenou com a cabeça e, com alguns cliques, exibiu as imagens.

— Aqui está. Esse homem apareceu na loja de Carlos por três dias seguidos antes do crime. — Mauro apontou para a tela. O vídeo mostrava um homem entrando e saindo da loja. Nas três ocasiões, ele parecia estar discutindo com Carlos, gesticulando de forma intensa. — Infelizmente, a câmera não tem áudio, então não dá para saber o que foi dito. Mas... — Ele pausou a imagem no momento exato em que o rosto do visitante ficava em evidência. — Conseguimos uma boa captura do rosto dele.

Helena se inclinou para observar a tela mais de perto.

— Consegue identificar? — perguntou, tentando manter o tom profissional, mas com um brilho de expectativa nos olhos.

Mauro deu um leve sorriso de satisfação.

— Já identifiquei. — Ele girou a cadeira para encará-los. — O nome dele é Daniel Lobo, professor de criminologia na Universidade de Monteres. Ensinava tudo sobre investigações, métodos policiais e até sobre perfis de criminosos.

Helena e Augusto trocaram olhares. Não era apenas uma coincidência. Havia algo mais profundo ligando Daniel ao caso. Augusto quebrou o silêncio primeiro, a voz firme.

— Isso explica muita coisa. Se Daniel está envolvido, faz sentido o modo meticuloso como tudo foi feito. O corte das câmeras, a precisão... É trabalho de alguém que conhece os nossos métodos.

Helena assentiu lentamente e depois voltou-se para Mauro.

— Bom trabalho, Mauro. Isso vai nos ajudar a fechar o cerco.

Mauro deu de ombros, mas havia um lampejo de orgulho em seus olhos. Helena e Augusto não perderam tempo. Saíram da sala, já com o próximo destino em mente.

— Vamos para a Universidade de Monteres — disse Helena, enquanto os dois caminhavam rapidamente pelos corredores da delegacia. — Acho que finalmente temos o nosso suspeito.

3.
Ligações Perigosas

O fim da tarde tingia a Universidade de Monteres com tons dourados e alaranjados, enquanto Helena e Augusto caminhavam pelos corredores amplos e levemente vazios. O ambiente era silencioso, exceto pelo ecoar distante de passos e o som de folhas sendo viradas nos poucos departamentos ainda ativos. As paredes, adornadas com quadros de ex-reitores e conquistas acadêmicas, davam um ar de sobriedade ao lugar.

Eles chegaram ao prédio de Ciências Sociais e subiram até o terceiro andar, onde ficava o escritório de Daniel Lobo, professor de Criminologia. Ao baterem na porta, ouviram um "entre" hesitante.

Dentro, Daniel, um homem de meia-idade, com cabelos castanhos bagunçados e um olhar inquieto, estava sentado em sua cadeira, rodeado por livros e papéis desorganizados. Ao ver os dois policiais, ele se levantou, claramente nervoso.

— Professor Daniel Lobo? — perguntou Helena, exibindo seu distintivo. — Somos da polícia. Precisamos fazer algumas perguntas sobre Carlos Brandão.

Daniel pareceu ainda mais tenso ao ouvir o nome.

— Carlos? Somos amigos, por quê? O que está acontecendo? — Ele tentou soar casual, mas sua voz tremia levemente.

Helena, sem perder tempo, continuou:
— Vocês foram vistos discutindo na loja dele nos últimos dias. Gostaríamos de saber mais sobre o relacionamento de vocês.

Daniel desviou o olhar, esfregando as mãos.

— Sim, discutimos. Mas era algo trivial, nada sério. Somos amigos há anos. Não sei por que isso importa.

— Professor, Carlos Brandão foi assassinado na madrugada passada. — Helena revelou com firmeza, observando atentamente a reação de Daniel.

Ele ficou pálido. Suas mãos começaram a tremer, e ele cambaleou levemente para trás, quase derrubando uma pilha de livros.

— O quê?! Carlos... morto? Não pode ser... — Sua voz falhou, e ele precisou se apoiar na mesa.

— Calma, professor. — Helena pediu, com um tom mais suave. — Se sente, respire fundo.

Augusto pegou um copo descartável e o encheu com água do filtro no canto da sala, entregando-o a Daniel.

— Beba isso, vai ajudar.

Daniel obedeceu, bebendo a água em pequenos goles. Após um momento, recuperou parte da compostura, embora ainda parecesse abalado.

— Eu não sei de nada! Não fiz nada com ele! — Ele declarou, os olhos arregalados.

Helena manteve a calma.

— Acreditamos em você, mas precisamos entender a natureza do conflito entre vocês. Qualquer detalhe pode ser importante.

Daniel passou a mão pelo rosto, exausto.

— Nós discutimos porque Carlos me devia dinheiro. Emprestei todas as minhas economias para ele há alguns meses. Ele disse que estava com sérios problemas, mas nunca explicou quais. Quando comecei a pressioná-lo para me pagar, ele se negava ou desviava do assunto. Fui à loja dele algumas vezes, e acabamos discutindo. Preciso desse dinheiro, eram minhas economias.

Augusto, atento, fez uma pergunta:
— Que tipo de problema ele mencionou? Alguma pista do que estava acontecendo?

Daniel refletiu por um momento, franzindo a testa.

— A única coisa que ele disse foi: 'Uma dívida do passado voltou. Vieram me cobrar pelo que fiz há muito tempo.' — Daniel balançou a cabeça. — Ele estava tão perturbado, diferente de tudo o que já vi. Seja lá o que fosse, estava acabando com ele.

Helena estreitou os olhos, intrigada. A frase ecoava em sua mente. Algo sobre essa dívida parecia ser a chave.

— Professor, qualquer detalhe, por menor que seja, pode ser crucial. — Helena explicou com calma. — Precisamos que o senhor compareça à delegacia amanhã pela manhã para formalizar seu depoimento.

Daniel parecia confuso e temeroso.

— Mas eu já disse tudo o que sei! Eu não fiz nada!

— Entendemos, mas é importante que essas informações sejam registradas oficialmente. — Helena insistiu.

Augusto acrescentou:
— E professor, onde o senhor estava na madrugada passada?

Daniel hesitou, visivelmente desconfortável.

— Em casa. Estava sozinho.

Augusto trocou um olhar com Helena antes de responder:
— Compreendo, mas peço que não saia da cidade por enquanto e que compareça amanhã cedo à delegacia.

Helena completou:
— E se lembrar de qualquer outra coisa, entre em contato conosco. Tudo pode ser útil.

Daniel assentiu lentamente, ainda abalado.

Helena e Augusto deixaram o prédio, o céu já escuro refletindo a complexidade do caso que tinham nas mãos. Helena lançou um olhar decidido para Augusto enquanto caminhavam em direção ao estacionamento.

— Augusto, coloque o Daniel sob vigilância. — disse ela, com a voz firme. — É crucial saber se ele fará algum movimento suspeito a partir de agora. Faça isso imediatamente.

Augusto não hesitou. Ele assentiu e afastou-se, sacando o telefone para realizar a ligação. Enquanto ele se ocupava, Helena entrou no carro, ligando o motor e deixando o aquecimento aliviar o frio da noite. Pouco depois, Augusto retornou ao veículo, a expressão séria.

— Já temos um agente a caminho. — informou ele, abrindo a porta do passageiro.

Helena o deteve com um gesto antes que ele entrasse.

— Você precisa ficar aqui, Augusto. Espere o agente chegar e certifique-se de que ele receba todas as instruções. Não podemos arriscar que Daniel saia sem ser seguido.

Augusto hesitou por um instante, claramente desapontado, mas sabia que ela tinha razão.

— Certo. — disse ele, com um suspiro leve, fechando a porta do carro.

Augusto recuou alguns passos, observando enquanto o carro de Helena desaparecia pela saída do estacionamento.

No caminho para casa, o silêncio do carro era interrompido apenas pelo som do motor e pelos pensamentos incessantes de Helena. Após um longo suspiro, ela pegou o celular e ligou para Ramos.

— Helena? — a voz grave do chefe soou do outro lado da linha.

— Ramos, estive na Universidade de Monteres. — começou, mantendo os olhos na estrada. — Confrontei Daniel Lobo, o professor de criminologia. Ele estava visivelmente nervoso, mas negou envolvimento no crime. No entanto, sabemos que ele tinha uma forte motivação e a oportunidade.

— Motivação? — Ramos perguntou, o tom mais interessado.

— Sim. — Helena continuou. — Carlos devia a ele uma grande quantia em dinheiro, algo que Daniel mencionou ter emprestado como todas as suas economias. Carlos vinha se recusando a pagar, o que levou a discussões acaloradas, registradas pelas câmeras de segurança. — Helena fez uma pausa, ajustando o tom. — Além disso, Daniel mencionou que Carlos estava com problemas sérios. Ele só se lembra de Carlos dizer algo como: 'Uma dívida do passado voltou. Vieram cobrar pelo que ele fez há muito tempo.'

Ramos ficou em silêncio por alguns segundos, ponderando.

— Tudo ainda está nebuloso. O Daniel disse onde estava nessa madrugada?

— Daniel afirma que estava em casa, sozinho. Não tem álibi verificável. — respondeu Helena, com um tom grave. — Mas, tudo isso ainda é circunstancial. Precisamos de algo mais concreto, algo que o coloque diretamente na cena do crime.

— O relatório forense já saiu? — Ramos perguntou, com uma ponta de urgência.

— Ainda não. — Helena respondeu. — Mas pedi máxima prioridade. Estamos esperando os resultados para cruzar qualquer detalhe com os elementos que temos.

Ela fez uma pausa, pensando cuidadosamente antes de continuar.

— Além disso, coloquei Daniel sob vigilância. Não quero correr riscos. Caso ele tente algo ou entre em contato com alguém que possa estar envolvido, teremos olhos nele.

Ramos grunhiu em aprovação.

— Boa medida. Continue pressionando, Helena. Esse caso precisa de respostas logo.

— Sim, vou te mantendo atualizado.

Helena desligou e soltou o ar lentamente. Minutos depois, chegou ao seu prédio. Subiu os poucos lances de escada até o segundo andar, destrancou a porta e entrou em seu apartamento. Era um espaço modesto, mas aconchegante, ela morava sozinha. As paredes tinham um tom suave de cinza, decoradas com quadros de fotografias de paisagens urbanas. Uma estante abarrotada de livros de investigação e romances policiais ocupava boa parte da sala de estar, ao lado de um sofá confortável, que parecia mais um convite ao descanso.

A cozinha, aberta para a sala, exibia um pequeno balcão com uma cafeteira sempre pronta para o próximo turno. Helena deixou as chaves no gancho próximo à porta e caminhou até o quarto. A cama de casal, com lençóis desfeitos, denunciava a noite anterior mal dormida. No entanto, antes de se deitar, ela sentou-se à beira, tirando os sapatos e massageando as têmporas.

Apesar do cansaço físico, sua mente permanecia ativa. A imagem de Daniel Lobo, sua expressão nervosa e suas palavras, ecoavam incessantemente. Helena sabia que a solução desse caso exigiria mais do que conexões óbvias, seus pensamentos retornaram à foto que havia encontrado na loja de Carlos Brandão: uma imagem antiga dele, parado em frente a uma placa que exibia o nome Construtora Monteres.

Helena franziu a testa, a lembrança nítida. "Ainda não investiguei isso", pensou. Com um suspiro, levantou-se e caminhou até a escrivaninha, onde seu laptop repousava. Ligou-o e começou a digitar rapidamente, os dedos dançando sobre o teclado. Procurou por informações sobre a construtora Monteres, determinada a descobrir o que se escondia por trás daquele nome.

Poucos minutos depois, encontrou o que precisava. Construtora Monteres havia sido, no passado, uma das maiores empresas do setor na região. Projetos grandiosos, edifícios imponentes, uma trajetória de sucesso que era aclamada na cidade. Mas então, sete anos atrás, tudo desmoronou. A empresa declarou falência de forma repentina, e os noticiários da época relataram dívidas gigantescas e uma suspeita de má gestão. Helena continuou a ler, e foi então que se deparou com a informação que a fez congelar: o dono da construtora era ninguém menos que Carlos Brandão.

Helena recostou-se na cadeira, perplexa. Como o dono de um pequeno antiquário modesto já havia comandado uma gigante da construção civil? O contraste era chocante, e algo não se encaixava. Lembrou-se, então, da conversa com Daniel Lobo. Ele mencionara que Carlos estava desesperado por dinheiro, e mais importante, repetiu o que Carlos dissera: "Uma dívida do passado voltou. Vieram cobrar pelo que ele fez há muito tempo."

As peças começaram a se encaixar, embora o quadro ainda estivesse incompleto. Carlos carregava um segredo que remontava aos dias em que era dono da construtora. Mas quem estaria cobrando essa dívida? E o que Carlos havia feito no passado que agora o colocava em perigo?

Helena sentiu o peso da descoberta. Aquele era um novo fio da trama, e seguir por ele poderia levar a respostas cruciais. Determinada, anotou as informações e fez uma lista mental de perguntas para investigar no dia seguinte. A noite prometia ser longa, mas Helena sabia que estava cada vez mais perto de desvendar a verdade.

Na manhã seguinte, Augusto chegou cedo à delegacia, disposto a dar continuidade às investigações. Assim que entrou, encontrou Lourdes, uma agente de investigação experiente , já ocupada em sua mesa. Com anos de serviço, Lourdes era meticulosa e eficiente, sempre pronta para qualquer desafio. Ela se levantou ao vê-lo e caminhou em sua direção, carregando um arquivo.

— Bom dia, Augusto. Aqui está a listagem das ligações do celular de Carlos Brandão da última semana — disse, entregando o documento.

Augusto pegou a lista e folheou rapidamente.

— Lourdes, você perguntou à operadora se há alguma forma de localizar o telefone? — questionou, sem tirar os olhos do relatório.

Lourdes assentiu.

— Perguntei sim. Eles informaram que o telefone foi desligado logo após o crime. A última localização registrada foi no beco onde ele foi encontrado. — Ela fez uma pausa e apontou para algumas linhas grifadas. — Além disso, destaquei algumas ligações que se repetem de forma estranha. Pode ser relevante.

— Ótimo trabalho, Lourdes. Obrigado — disse Augusto, já analisando os números.

Pouco depois, Helena entrou na delegacia, com o olhar determinado. Augusto se levantou para cumprimentá-la.

— Bom dia, Helena.

— Bom dia, Augusto — respondeu rapidamente. Antes que ele pudesse mencionar o relatório, ela foi direto ao ponto. — Preciso que você investigue a fundo o motivo da falência da Construtora Monteres.

Augusto franziu a testa.

— Construtora Monteres? O que tem ela?

— Descobri ontem à noite que Carlos Brandão era o dono dessa empresa há anos. Quero entender exatamente como foi o processo de falência. Se há alguma ligação com o que está acontecendo agora, e se Daniel Lobo está realmente falando a verdade — explicou Helena.

Augusto assentiu prontamente.

— Vou começar agora mesmo. Mas, antes que eu me esqueça, chegou o relatório das ligações do telefone de Carlos Brandão.

Helena pegou o documento e examinou cuidadosamente. Seus olhos pararam em um número grifado.

— Inúmeras ligações de Daniel Lobo — comentou, antes de apontar para outro detalhe. — Mas este número aqui, repetido várias vezes, é intrigante. Especialmente porque a última ligação que Carlos recebeu foi dele.

Augusto cruzou os braços.

— Número sem identificação, pré-pago, sem registro. Típico para quem quer se esconder.

Helena não perdeu tempo. Pegou seu próprio celular e tentou ligar para o número misterioso. Após alguns segundos, ouviu a mensagem automática: "O telefone que você está tentando chamar está desligado."

— Claro — murmurou ela, irritada. — Com certeza já descartaram esse telefone.

Helena levantou-se e chamou Lourdes.

— Lourdes, pode vir aqui um instante?

Lourdes se aproximou, pronta para ajudar.

— Oi, Helena. Tudo bem?

— Preciso de um favor. Veja este número aqui — disse, apontando para o relatório. — É um pré-pago, sem identificação, mas quero que peça à operadora as últimas localizações em que ele foi utilizado. Pode nos dar uma pista de onde esse indivíduo esteve.

Lourdes analisou o número e assentiu.

— Deixe comigo. Vou solicitar essas informações agora mesmo.

Helena deu um leve sorriso.

— Obrigada, Lourdes. Cada detalhe importa neste caso.

Lourdes saiu para providenciar o pedido, enquanto Augusto já estava de volta ao computador, pronto para investigar a

Construtora Monteres. Helena, embora ainda cansada, sentia que os fios da trama estavam se aproximando, cada vez mais perto de uma revelação crucial.

Um agente foi até a sala de Helena para avisá-la da chegada de Daniel Lobo.

— Detetive Helena, Daniel Lobo está aqui para prestar depoimento — informou o agente.

Helena agradeceu com um breve aceno e se dirigiu até a mesa de Augusto.

— Augusto, Daniel chegou. Vamos começar o interrogatório — disse ela com determinação.

Augusto se levantou imediatamente, ajustando o paletó. Helena fez um sinal para o agente.

— Por favor, leve o senhor Lobo até a sala de interrogatório — pediu Helena.

O agente conduziu Daniel até a sala, onde ele se acomodou, visivelmente desconfortável, enquanto aguardava. Poucos minutos depois, Helena e Augusto entraram. Daniel ergueu os olhos rapidamente, o nervosismo ainda evidente em seu rosto.

Helena, mantendo a formalidade, ligou a câmera de gravação.

— Hoje, dia 06 de março de 2024, às 9:30, estamos iniciando o depoimento do senhor Daniel Lobo, conduzido pelos detetives Helena o Augusto . — Sua voz era firme, profissional.

Daniel olhou para a câmera e depois para Helena, hesitando.

— Eu deveria ter trazido um advogado? — perguntou, tentando esconder a preocupação.

Helena manteve o tom sereno.

— Essa é uma decisão sua, Daniel. Você tem o direito de estar acompanhado por um advogado a qualquer momento. Se desejar, podemos suspender o depoimento até que ele esteja presente.

Daniel respirou fundo, visivelmente mais calmo.

— Não, tudo bem. Podemos continuar.

Helena assentiu.

— Ótimo. Vamos começar. — Ela ajustou uma pasta de anotações à sua frente. — Antes de tudo, confirmo que você está ciente de que este depoimento será gravado.

Daniel assentiu novamente. Helena se inclinou ligeiramente para frente.

— Vou repetir algumas perguntas que já fizemos ontem na universidade. Entenda que é importante ter essas respostas formalmente registradas.

Daniel franziu a testa.

— Mas já respondi tudo isso antes. Por que perguntar de novo?

— Procedimento padrão — respondeu Helena com calma. — Aqui é formal. Precisamos ter tudo em registro oficial.

Daniel bufou, mas respondeu. Relatou os mesmos fatos: o empréstimo de dinheiro, as discussões recentes e o comportamento estranho de Carlos Brandão. Helena e Augusto ouviram atentamente, observando cada detalhe, cada inflexão na voz de Daniel, em busca de inconsistências.

Quando ele terminou, Helena mudou o rumo da conversa.

— Daniel, quero que me diga o que sabe sobre a construtora Monteres.

O rosto de Daniel ficou pálido. Ele gaguejou.

— M-Monteres? O que isso tem a ver com o caso?

— Você conhece a empresa, certo? — pressionou Helena, mantendo o olhar fixo nele.

Daniel respirou fundo, os olhos nervosos fixos na mesa à sua frente. Sua mão tremia levemente enquanto ele ajustava os óculos.

— Carlos sempre foi um cara ambicioso — começou ele, com a voz hesitante. — Eu o conheci na universidade. Ele era daqueles que não aceitavam menos do que ser o melhor em tudo. Queria construir um império, e conseguiu. Sozinho.

Daniel fez uma pausa, tentando organizar os pensamentos.

— Na época, ele chegou a me convidar para trabalhar na construtora Monteres. Disse que tinha planos grandiosos e que eu deveria fazer parte disso. Mas... — Ele deu de ombros. — Sempre quis seguir meu sonho de ser professor. Não queria o mundo corporativo.

Helena e Augusto ouviram em silêncio, suas expressões impassíveis.

— Ficamos anos sem nos falar — continuou Daniel. — Depois que a construtora faliu, eu nem soube o que tinha acontecido direito. Só fui reencontrá-lo uns três anos atrás. Ele já estava no antiquário, bem diferente daquele Carlos que eu conhecia. Conversamos, ele me contou que tinha se metido em algo que não devia e que perdeu tudo. Tudo, menos o antiquário, que era do pai dele. Ele disse que esse era o único lugar que ainda o conectava ao passado.

Helena manteve-se atenta, o olhar fixo.

— E então, há cerca de três meses, Carlos veio até mim pedindo dinheiro — continuou Daniel. — Disse que só podia contar comigo. Eu ajudei porque ele parecia desesperado. Mas vocês já sabem o resto... as brigas começaram quando ele se recusou a pagar.

Helena fez uma pausa, considerando cada palavra.

— Certo, Daniel. Por enquanto, é tudo — disse ela, desligando a câmera. — Peço que você não saia da cidade. Qualquer nova informação que você lembrar é crucial para o caso. Entendido?

Daniel assentiu rapidamente, ainda visivelmente abalado.

— Entendido. Posso ir agora?

— Sim — respondeu Helena. — O agente vai acompanhar você até a saída.

Daniel saiu sob a supervisão do agente. Assim que ele estava fora do alcance, Helena se virou para Augusto.

— Quero que a vigilância sobre Daniel continue. Ele não pode dar um passo sem que saibamos.

Augusto assentiu.

— Pode deixar. Vou reforçar as instruções com a equipe de vigilância.

Helena mal teve tempo de acomodar-se em sua cadeira quando o telefone em sua mesa tocou. Atendeu rapidamente, reconhecendo a voz do chefe forense, Rubens.

— Helena, pode vir até a minha sala? Tenho algo para mostrar.

— Claro, estou a caminho.

Ela atravessou o corredor, os sapatos ecoando suavemente contra o piso de azulejos. A sala de Rubens era um lugar que sempre a impressionava, um ambiente frio e tecnicamente impecável. As paredes eram cobertas por estantes de aço inoxidável, repletas de frascos, instrumentos cirúrgicos e equipamentos de análise. No centro da sala, uma grande mesa de autópsia de metal brilhava sob a luz fluorescente. Pendurado em uma parede, um quadro branco exibia diagramas e anotações feitas com precisão clínica.

Rubens estava à espera dela, ao lado do corpo de Carlos Brandão, que repousava sob um lençol branco. Ele usava luvas de látex e uma expressão séria, própria de quem lida com a morte diariamente.

— Obrigado por vir tão rápido, Helena — começou Rubens, ajustando os óculos. — Podemos confirmar que a causa da morte foi estrangulamento.

Helena assentiu, olhando atentamente para o corpo coberto.

— Não houve sinais de luta. Tudo indica que foi algo rápido e preciso. Carlos provavelmente foi surpreendido pelas costas. A cena estava incrivelmente limpa. Não encontramos nada significativo — continuou Rubens. — Nenhuma digital, exceto as do próprio Carlos. E as unhas dele... apenas poeira e sujeira compatíveis com os objetos do antiquário.

Helena cruzou os braços, o rosto assumindo uma expressão de frustração.

— Então, nada que nos leve ao assassino?

— Exatamente. Quem fez isso sabia o que estava fazendo — Rubens acrescentou. — Quanto ao relógio, também não encontramos digitais. E ele não estava quebrado. Alguém parou o mecanismo naquele horário específico. Foi deliberado, uma marca.

Helena inclinou-se ligeiramente para a frente.

— E sobre o relógio? Alguma pista de sua origem?

Rubens suspirou.

— É uma peça antiga, provavelmente passada por gerações. Pode ter sido roubado ou vendido há anos. Rastrear sua origem será quase impossível.

Helena soltou um suspiro de desânimo, passando a mão pelos cabelos.

— Então não temos nada?

Rubens retirou as luvas, jogando-as no lixo.

— Infelizmente, é isso. Por enquanto, nenhum avanço concreto.

Helena fixou o olhar no corpo de Carlos por alguns segundos, como se tentasse extrair respostas do silêncio.

— Obrigada, Rubens. Se surgir qualquer coisa nova, me avise imediatamente.

— Pode deixar — respondeu ele, com um aceno de cabeça.

Helena deixou a sala, sentindo o peso crescente do caso em seus ombros.

4.
Peso das Horas

A noite avançava com um peso implacável, quando Helena Prado finalmente chegou em casa. Precisava desesperadamente de algumas horas de descanso. Sabia que, se continuasse naquela exaustão, seu julgamento poderia ser comprometido. Deitou-se e, ao fechar os olhos, as peças do enigma começaram a se dissolver na penumbra do sono: a imagem de Carlos Brandão, o relógio parado, as perguntas sem resposta.

Porém, o silêncio foi abruptamente interrompido. O som estridente do telefone rasgou a tranquilidade do quarto, puxando Helena de volta à realidade. Com o coração acelerado, ela olhou no relógio ao lado da cama eram 3:55, estendeu a mão para pegar o seu celular.

— Prado — disse, com a voz rouca de sono interrompido.

Do outro lado, a voz grave de um policial a colocou em alerta imediato.

— Detetive, mais um corpo foi encontrado.

Helena sentou-se de um salto, o cansaço sendo instantaneamente substituído por uma onda de adrenalina.

— Onde? — perguntou, já se levantando para se vestir.

— No parque do Bairro Sul. Um segurança encontrou a vítima durante a ronda. É uma mulher.

Um arrepio percorreu sua espinha. Mal haviam começado a desvendar o caso de Carlos Brandão, e agora surgia outro crime. Vestiu-se apressadamente, pegou o distintivo, a arma e as chaves do carro, e saiu pela porta sem hesitar.

Quando chegou ao parque, as luzes azuis e vermelhas das viaturas já iluminavam a trilha de terra. Uma fina névoa pairava no ar, carregada com o cheiro fresco de folhas molhadas. Oficiais isolaram rapidamente a área, afastando os curiosos. Augusto, seu parceiro, estava entre eles, examinando o ambiente com seriedade.

Helena se aproximou, seus olhos imediatamente captando o corpo estendido ao lado de um banco de madeira, cercado por árvores que projetavam sombras inquietantes sob a fraca luz dos postes. A vítima, uma mulher de cabelos castanhos, estava deitada de lado, os olhos abertos e vazios, congelados no instante final. A morte parecia ter chegado de forma inesperada e silenciosa.

E ali, novamente, estava ele: o relógio de bolso. Um modelo antigo, repousando ao lado do corpo. A marcação do tempo estava parada em 3h15.

Helena congelou, a constatação se formando como um golpe no estômago. O mesmo assassino. A mesma assinatura. O padrão era claro. Estavam lidando com um serial killer.

Ela respirou fundo, forçando-se a recuperar a compostura. Aproximou-se do relógio, mas não tocou nele. A tampa estava entreaberta, e algo parecia gravado em sua superfície interna. Antes de agir, levantou o olhar para o oficial que estava próximo.

— Já identificaram a vítima? — perguntou, sua voz firme, mas carregada de tensão.

O oficial assentiu, consultando uma prancheta.

— Sim, detetive. Não levaram nada dela, nem o celular. A vítima é Raquel Neves, 46 anos, gerente de banco.

Helena fixou o olhar no corpo por alguns instantes, absorvendo a informação. Carlos Brandão e Raquel Neves... O que vocês têm em comum? Era a pergunta que ecoava em sua mente, trazendo um peso maior para o mistério.

Nesse momento, Augusto se aproximou rapidamente, com o rosto carregado de preocupação.

— Helena — disse, quase sem fôlego. — Outro corpo, mesma assinatura.

Helena assentiu, sem desviar os olhos da cena.

— Sim, Augusto. Estamos lidando com um assassino em série. — Sua voz era grave. — Preciso que verifique as câmeras de segurança. Mesmo que já possamos imaginar que foram desligadas, assim como no outro crime. Vasculhe toda a área, cada ponto cego. Ligue para o Mauro e peça um levantamento completo. Quero tudo que conseguirem.

Augusto não hesitou. Pegou o telefone imediatamente e se afastou para iniciar as providências.

Helena virou-se para o oficial mais próximo.

— Quem encontrou o corpo?

O oficial apontou para um homem sentado na viatura, com a porta aberta. Era um segurança, claramente abalado. Suas mãos tremiam enquanto segurava um copo de café. Helena ajeitou o distintivo à altura do peito e caminhou até ele.

— Sou a detetive Helena Prado. Qual é o seu nome? — perguntou, com a voz firme, mas tranquilizadora.

O segurança ergueu os olhos, ainda atordoado.

— Ricardo Lopes, detetive.

— Ricardo, preciso que me conte exatamente como encontrou o corpo.

Ricardo respirou fundo, passando a mão pela testa úmida.

— Eu estava fazendo a ronda no parque, como de costume. Quando cheguei perto daquele banco... vi ela ali, deitada. No começo, pensei que era alguém descansando ou desmaiado, mas quando me aproximei... — Ele hesitou, a voz trêmula. — Vi que ela não estava respirando. Foi então que liguei para a polícia.

Helena assentiu, anotando no bloco de notas que sempre trazia consigo.

— A que horas começa sua ronda?

— Às três da manhã. — Ricardo parecia tentar organizar os pensamentos. — Sempre começo pelo portão principal e sigo o caminho padrão até essa área.

— Você conhecia a vítima? — perguntou Helena, lançando um olhar breve ao corpo.

— Sim, detetive. Ela costumava correr aqui quase todos os dias, sempre de madrugada. Às vezes mais cedo, às vezes mais tarde, mas sempre aparecia.

— E a que horas, exatamente, você encontrou o corpo?

— Acho que era por volta das 3h30, mais ou menos.

Helena fez um gesto afirmativo com a cabeça, continuando suas anotações.

— Notou algo estranho hoje? Qualquer coisa fora do normal durante a sua ronda?

Ricardo franziu a testa, pensativo.

— Agora que você mencionou... vi um homem. Estava encapuzado, todo de preto. Passou por mim logo que comecei a ronda, ainda no portão principal. Não consegui ver o rosto, ele mantinha a cabeça abaixada. Não era alguém que eu já tivesse visto por aqui antes.

Helena inclinou-se um pouco para frente, interessada.

— E depois disso? Sabe para onde ele foi?

— Não, detetive. Ele entrou na trilha e sumiu. Não o vi novamente.

Helena fechou o bloco de notas, os pensamentos se alinhando rapidamente.

— Obrigada, Ricardo. O que você nos contou pode ser muito útil. Vamos precisar que você vá até a delegacia para prestar um depoimento formal. E se lembrar de qualquer outra coisa, mesmo que pareça irrelevante, entre em contato.

Ricardo assentiu, parecendo mais tranquilo.

— Claro, detetive. Estou à disposição.

Helena chamou um agente que estava próximo.

— Por favor, acompanhe o senhor Ricardo até a delegacia para prestar depoimento.

O agente fez sinal para Ricardo segui-lo. Antes de entrar na viatura, o segurança se virou para Helena.

— Espero que consigam pegar esse cara, detetive.

Helena observou enquanto o segurança era levado pelo agente até a viatura. Com um leve aceno de cabeça, ela se despediu, mas sua mente já estava em outro ponto crítico da investigação.

Ela pegou o celular e rapidamente discou o número de Mauro, o perito de TI da polícia. No terceiro toque, ele atendeu, sem rodeios.

— Todas as câmeras foram desligadas por exatamente três minutos, igual ao caso anterior — informou Mauro, a voz carregada de impaciência, antecipando qualquer pergunta.

Helena fechou os olhos por um instante, reprimindo a irritação que crescia. Mauro nunca fora exatamente cooperativo, mas não havia espaço para desentendimentos agora.

— Mauro, escuta. Preciso que você confira a câmera da entrada principal do parque. Por volta das 3h da manhã, um homem encapuzado foi visto pelo segurança. Preciso saber quem ele é ou qualquer pista que possa nos levar até ele.

Houve uma pausa. Helena podia quase ouvir Mauro ponderando, mas finalmente ele respondeu:

— Certo, vou verificar. Assim que encontrar algo, te aviso.

— Obrigada — respondeu Helena, encerrando a ligação antes que ele pudesse dizer mais alguma coisa. Não havia tempo para trocas de farpas.

Guardando o celular no bolso, ela se virou em direção à cena do crime. A equipe forense já estava no local, iluminando a área com lanternas e recolhendo provas. Entre eles, Rubens, o chefe da equipe, estava agachado próximo ao corpo, analisando meticulosamente os detalhes ao redor.

Helena caminhou até ele, seus passos firmes quebrando o silêncio pesado da madrugada. Rubens ergueu o olhar quando a viu se aproximar, dando um breve aceno de cabeça em reconhecimento.

Helena e Rubens trocaram um olhar que dispensava palavras. Ambos sabiam o que aquilo significava: outra vítima, outro crime meticulosamente orquestrado. Após alguns segundos de silêncio, Helena quebrou a tensão.

— Você acha que foi estrangulamento novamente? — perguntou, a voz firme, mas com um toque de cansaço.

Rubens assentiu, apontando para o pescoço da vítima.

— Sim. Marcas claras de pressão. Sem sinais de luta ou lesões adicionais. Foi rápido e preciso, como no caso anterior.

Ele então pegou o relógio e mostrou a Helena. Ela colocou luvas antes de pegá-lo, analisando o objeto com cuidado. O relógio era diferente do primeiro em design, mas igualmente antigo e parado às 3h15. A tampa estava aberta, e no interior, gravado com letras delicadas a palavra família.

— Outra mensagem — murmurou Helena, os olhos fixos no relógio. — Ele quer nos dizer algo. Mas o quê? — Sua mente fervilhava, tentando decifrar o padrão e os motivos do assassino.

Rubens assentiu, mas desviou o olhar para o corpo.

— Desta vez, o celular da vítima não foi levado. Está intacto.

Helena devolveu o relógio para Rubens e recebeu o celular da vítima. Usou o reconhecimento facial da mulher para desbloqueá-lo. Começou a vasculhar rapidamente a lista de chamadas, mas nada chamou sua atenção. No entanto, ao abrir as mensagens, seu coração disparou.

— O que é isso... — murmurou, enquanto seus olhos corriam pelas ameaças recebidas de um número desconhecido. As mensagens eram curtas, mas perturbadoras: "Sua hora está acabando", "Tudo o que foi feito, você terá que pagar", "O passado volta para cobrar no presente".

Helena respirou fundo, processando o choque.

— Rubens, precisamos enviar esse celular para a TI imediatamente. Ela estava sob ameaça. Pode ser a chave para descobrirmos quem é esse assassino.

Rubens, já ciente da gravidade, assentiu.

— Assim que eu terminar de recolher as amostras, o celular será encaminhado com prioridade máxima.

Helena deixou o local do crime com um nó apertado no estômago. A sensação de urgência aumentava a cada segundo. A cidade estava à beira de um colapso nervoso. As manchetes da manhã já haviam batizado o assassino: O Vigilante. O nome ecoava como uma sombra nas ruas de Monteres, espalhando medo e tensão.

Helena chegou à delegacia antes do amanhecer. Passou direto pelo balcão de entrada, ignorando os olhares sonolentos dos poucos colegas que já haviam chegado. Seus passos firmes a levaram até a sala de Mauro. Ele estava concentrado em várias telas, como sempre, o ar de cansaço estampado no rosto.

Mauro levantou os olhos ao ouvir a porta abrir e falou sem rodeios:

— Já ia te ligar. Achei a imagem que mencionou.

Helena se aproximou, cruzando os braços, enquanto Mauro reproduzia o vídeo na tela principal.

— Câmera da entrada do parque, às três da madrugada. — Ele clicou para dar play. — Aqui, olha.

A filmagem, embora granulada, mostrava o segurança entrando pelo portão principal. Poucos segundos depois, um homem vestido completamente de preto, com um capuz cobrindo o rosto, passou ao lado do segurança. Helena inclinou-se para a frente.

— Consegue aproximar essa parte? — perguntou, com os olhos fixos na tela.

Mauro deu zoom, mas a imagem piorou. Apenas a parte inferior do rosto do homem era visível, borrada e distorcida pela qualidade limitada da câmera.

— É o máximo que dá pra ver. — Mauro balançou a cabeça. — Só tinha essa câmera no local.

Helena suspirou, frustrada.

— Manda essa filmagem pro meu e-mail — pediu. — Vou analisar depois.

Mauro fez um gesto afirmativo, clicando rapidamente no teclado.

— Sobre o telefone de Raquel — ele começou, enquanto digitava. — Rubens já me entregou ,as mensagens vieram de um número não identificado. Já solicitei à operadora a localização, mas ainda nada. Fora isso, o celular não tem nada de relevante.

Helena deu um breve aceno, o tom mais brando do que o habitual.

— Bom trabalho, Mauro. — A frase saiu quase involuntária.

Ele a encarou por um momento, surpreso, mas logo respondeu secamente:

— Já mandei as mensagens pro seu e-mail também. Se descobrir algo novo, aviso.

Helena assentiu, percebendo que, pela primeira vez, a tensão entre eles parecia ter diminuído.

Deixando a sala de Mauro, ela se dirigiu a mesa de Augusto, que tinha acabado de chegar.

— Bom dia, Augusto. — Ela parou ao lado de sua mesa. — Precisamos de respostas sobre Daniel. Ele continua sendo vigiado, certo? Quero saber onde estava ontem à noite, no momento do crime. Fale com o oficial responsável pela vigilância.

Augusto, imediatamente pegou o telefone para conseguir a informação.

Helena entrou na sala de Ramos e fechou a porta atrás de si. O chefe de polícia estava sentado à mesa, os ombros tensos. O ar na sala estava pesado, carregado pela gravidade da situação.

Ramos levantou o olhar assim que ela se aproximou, mas não precisou de explicações. Já sabia de tudo.

— Ramos, temos um serial killer. — Helena começou, a voz firme, mas séria.

Ele assentiu lentamente.

— Sim. — Sua voz era grave, quase um sussurro. — A mídia já o batizou de O Vigilante. — Fez uma pausa e respirou fundo. — A população está entrando em pânico, Helena. Precisamos agir rápido.

Helena inclinou-se levemente sobre a mesa, os olhos fixos no chefe.

— Estamos lidando com um profissional, Ramos. Ele sabe exatamente onde vamos procurar e como vamos rastreá-lo. Não deixa pistas. Está sempre um passo à frente.

Ramos a encarou, seu semblante endurecendo.

— Então teremos que ser melhores do que ele. — Sua voz carregava um tom definitivo, quase desafiador.

Houve um momento de silêncio. Ambos sabiam que o tempo era inimigo, e cada segundo perdido poderia significar outra vida.

Ramos, então, endireitou-se na cadeira.

— Reúna todas as informações que temos e vamos fazer uma reunião com a equipe daqui a 2 horas. Quero todos atualizados e alinhados sobre cada detalhe. Precisamos de um plano, e rápido.

Helena assentiu, e saiu da sala visivelmente frustrada com a situação que se agravava. Ainda caminhando pelo corredor até sua mesa, Lourdes apareceu, bloqueando sua passagem com uma expressão de urgência.

— Helena, já tenho a localização do número desconhecido que ligava para Carlos Brandão e também de quem enviou as mensagens para Raquel. — Lourdes estendeu um relatório.

Helena pegou o documento, examinando as informações enquanto Lourdes continuava.

— Pressionei a operadora por causa da urgência — explicou Lourdes, quase como uma justificativa.

Helena lançou lhe um olhar de aprovação.

— Bom trabalho, Lourdes. Você foi rápida.

Lourdes apontou para o relatório, destacando um detalhe crucial.

— Veja aqui. Ambos os números foram rastreados até a mesma antena de celular. A do centro da cidade.

Helena franziu a testa, lendo os dados.

— A operadora informou que essa antena cobre um raio de 3 km. Ou seja, o assassino pode estar localizado em qualquer lugar dentro dessa área.

Helena soltou um suspiro frustrado.

— Logo a do centro da cidade... Quantas pessoas vivem e circulam nessa região?

Lourdes cruzou os braços, sua expressão séria.

— Exatamente. Inclusive, essa delegacia está dentro desse raio.

Helena parou por um instante, sentindo um calafrio percorrer sua espinha. A possibilidade pairou em sua mente, mas ela rapidamente afastou o pensamento. Não podia se dar ao luxo de desconfiar de todos. Não agora.

— Certo. — Helena retomou o controle, fechando o relatório. — Posso levar isso comigo?

Lourdes assentiu.

— Claro, está tudo aí.

— Obrigada. — Helena agradeceu novamente e se afastou.

De volta à sua mesa, Helena mal teve tempo de se acomodar antes que Augusto se aproximasse apressado, segurando algumas anotações.

— Helena, sobre a vigilância do Daniel — começou ele, com a voz séria. — O oficial confirmou que ele jantou com alguns amigos e, logo depois, foi para a casa da mãe. Só saiu de lá hoje de manhã.

Helena assentiu lentamente, absorvendo a informação.

— Então ele tem um álibi para o horário do crime — murmurou, mais para si mesma do que para Augusto.

— Exato — respondeu Augusto com um leve aceno de cabeça.

Helena recostou-se na cadeira, o relatório de Lourdes ainda firme em suas mãos. A complexidade do caso parecia crescer a cada instante, tecendo uma rede cada vez mais intrincada.

Depois de um momento, ela ergueu o olhar para Augusto.

— E a família de Raquel? Já foi comunicada?

— Sim — disse Augusto, o peso da situação evidente em sua expressão. — Estão muito abalados. Raquel deixou um filho de 15 anos e o marido. Perguntamos se notaram algo estranho nos últimos dias, se ela tinha inimigos... mas não mencionaram nada concreto. Apenas que, na última semana, ela parecia um pouco distraída, preocupada com algo. Só que, segundo o marido, ela sempre foi muito reservada, não compartilhava facilmente o que sentia.

Helena refletiu por um instante, os lábios comprimidos.

— Certo. Chame o marido dela para um depoimento aqui na delegacia mais tarde. Quero entender melhor o que pode ter acontecido.

Augusto assentiu e saiu rapidamente para providenciar o pedido. Helena, por sua vez, deixou escapar um suspiro profundo, sentindo o peso crescente do quebra-cabeça que precisava resolver.

5.
Ajuste do Passado

Helena levantou-se e seguiu para a sala de reuniões. Ao abrir a porta, encontrou todos já reunidos, aguardando em silêncio. Ramos, o chefe de polícia, estava sentado na cabeceira, com a expressão dura e tensa. Augusto, Mauro, Lourdes e mais três oficiais ocupavam as cadeiras ao redor da mesa, seus rostos refletindo a gravidade da situação. No fundo da sala, um quadro estava repleto de fotos e evidências do caso Vigilante.

Helena atravessou a sala e posicionou-se diante do quadro, sentindo o peso dos olhares. Após um breve instante, começou:

— Estamos lidando com um assassino em série. O Vigilante, como a imprensa o batizou. A princípio, temos dois crimes confirmados.

Ela apontou para a primeira foto.

— Carlos Brandão. Encontrado há três dias em um beco, morto por estrangulamento às 3h15 da madrugada. Cena do crime limpa, sem vestígios de luta, DNA ou digitais.

Mauro ergueu a mão, interrompendo:

— Câmeras do local foram desligadas por três minutos.

— Exatamente — continuou Helena. — Ao lado do corpo, um relógio, meticulosamente posicionado, parado às 3h15, hora exata da morte. O celular da vítima desapareceu, mas sabemos que ele recebeu várias ligações de um número privado, incluindo a última antes de ser morto.

Helena olhou para Lourdes, que prontamente adicionou:

— O número era pré-pago, sem identificação. Mas as chamadas foram feitas utilizando a antena do centro da cidade. Isso nos dá um raio de até 3 km.

Helena assentiu.

— A antena mais movimentada, com milhares de pessoas conectadas, inclusive nós, aqui na delegacia.

Um silêncio desconfortável pairou. Helena apontou novamente para a foto de Carlos Brandão.

— Ele já foi um homem muito rico e poderoso, dono da construtora Monteres. Hoje, estava endividado e nervoso. Segundo Daniel Lobo, seu amigo, ele vinha repetindo: "Uma dívida do passado voltou. Vieram me cobrar pelo que fiz."

Augusto, com o rosto pensativo, ergueu a mão:

— Ainda estamos investigando o motivo da falência e sua ligação com o passado.

Helena concordou e continuou:

— Na tampa do relógio encontrado ao lado do corpo, havia uma mensagem gravada: "O relógio marca o tempo". Isso sugere que o assassinato não é apenas um acerto de contas, mas também um aviso.

Todos se mantinham atentos enquanto Helena passava para o segundo caso.

— Raquel Neves. Morta essa madrugada em um parque. Causa aparente: estrangulamento. Cena do crime ainda está sendo analisada, mas aparentemente impecável novamente, relógio posicionado às 3h15. Mensagem gravada desta vez: "Família".

Ela apontou para a imagem exibida no quadro.

— Câmeras também paradas por 3 minutos.

Ramos, com a expressão grave, levantou a questão:

— Como ele conseguiu fazer isso? Desativar câmeras internas de um parque requer um nível de acesso muito restrito.

Antes que o silêncio se estendesse, Mauro interveio, já preparado:

— A teoria mais provável é que ele tenha contado com ajuda. Alguém de dentro, com acesso ao sistema de segurança, ou um hacker altamente qualificado. — Ele fez uma pausa, refletindo, antes de continuar. — Ou, alternativamente, o próprio assassino pode ser extremamente habilidoso. Se for o caso, ele pode ter desenvolvido uma ferramenta capaz de desativar as câmeras remotamente. Isso demandaria um conhecimento avançado de hacking e segurança cibernética.

Ramos ponderou sobre a gravidade do cenário e perguntou:

— E não há como rastrear de onde as câmeras foram desativadas?

Mauro balançou a cabeça, frustrado.

— No momento, o sistema aponta para um IP na Bulgária, mas tudo indica que é um IP mascarado. Estou trabalhando para quebrar essa máscara e rastrear a origem real do ataque. Isso pode levar tempo, mas estamos no caminho certo.

Helena assentiu, absorvendo a informação.

— Mas a boa notícia é que conseguimos capturar a imagem de um suspeito entrando no parque às 3h da manhã. — Ela apontou para a foto granulada no quadro, voltando o foco para o próximo passo da investigação.

Helena indicou a imagem no quadro, uma fotografia capturada de um ângulo de cima, a imagem, embora granulada, destacava um homem em movimento rápido, com uma passada larga e determinada. Ele vestia um conjunto preto, com um capuz cobrindo a maior parte do rosto, deixando apenas a parte inferior visível. Mesmo assim, o capuz projetava uma sombra que obscurecia os poucos traços que estavam expostos. Era possível notar um queixo firme e a linha do maxilar, mas sem detalhes suficientes para uma identificação clara. O homem tinha porte atlético e parecia ser alto, sua postura refletindo confiança e propósito, como se soubesse exatamente para onde estava indo.

— De acordo com o segurança que encontrou o corpo, era um homem que ele não costumava ver por ali.

Ramos franziu a testa.

— É possível melhorar a qualidade da imagem?

Mauro balançou a cabeça.

— Não com essa câmera. Ela tem baixa resolução e o suspeito sabe como se esconder. Só conseguimos metade do rosto, ainda sob uma sombra. Estou tentando imagens de outras câmeras na região.

Ramos insistiu:

— E sobre a saída dele?

Mauro cruzou os braços.

— Vasculhei tudo. Não temos registro do momento em que ele deixou o parque.

Helena estreitou os olhos, surpresa.

— Então ele ainda poderia estar lá quando chegamos.

Augusto comentou:

— Fizemos uma varredura, mas não tão extensiva. Nunca imaginaríamos que ele pudesse ainda estar escondido.

A sala ficou em silêncio, o peso da falha clara para todos.

Helena retomou, com tom firme:

— O que sabemos até agora: ele é um homem por volta de 1,80 m, caucasiano, porte atlético, aparentemente jovem.

— Outra informação importante, ao contrário de Carlos Brandão, o celular de Raquel não foi levado. Nele, foram encontradas várias mensagens ameaçadoras. Helena se virou para o quadro e apontou para o conteúdo exibido: "Sua hora está acabando.", "Tudo o que foi feito, você terá que pagar.", "O passado volta para cobrar no presente."

Lourdes acrescentou:

— Mensagens enviadas de outro número não identificado, novamente usando a antena do centro.

Helena agradeceu e continuou:

— O padrão é claro: um assassino que busca justiça ou vingança por algo que as vítimas fizeram no passado. E ele quer nos enviar uma mensagem.

Helena respirou fundo e continuou, sua voz firme cortando o silêncio na sala.

— E o que há de especial no horário das 3:15h? Seja lá o que tenha ocorrido no passado, esse momento específico carrega um significado importante para o assassino. Precisamos descobrir o porquê.

Ela se virou para encarar cada membro da equipe.

— Preciso da ajuda de todos vocês. Mauro, continue analisando as câmeras da região. Cada detalhe, por menor que seja, pode fazer a diferença. Lourdes, investigue o passado de Raquel Neves e levante todos os casos antigos que tenham alguma conexão com o horário das 3:15. Algo deve estar ali.

Helena então dirigiu-se a Augusto:

— Augusto, aprofunde a investigação sobre a falência da construtora de Carlos Brandão. Veja se consegue encontrar alguma ligação entre ele e Raquel. Precisamos saber se eles compartilham algo além de serem vítimas.

Por fim, voltou-se para os oficiais presentes.

— Aos oficiais, quero que retornem ao parque e realizem uma nova varredura. Desta vez, olhem todo o parque, e voltem lá também a noite conversem com as pessoas, pergunte se alguém notou algo suspeito. Qualquer pista, por menor que pareça, pode ser crucial para resolvermos este caso.

Ela fez uma pausa, observando as expressões sérias de cada um.

— Conto com todos vocês.

Todos assentiram, saindo da sala com determinação renovada. Helena permaneceu com Ramos, que a observava com uma mistura de confiança e preocupação.

— Confio no seu trabalho, Helena. Mas precisamos ser rápidos. Informe-me de qualquer novidade.

— Farei isso.

Helena saiu com passos firmes, sabendo que o tempo não estava a seu favor.

Paulo Simão, marido da Raquel Neves, chegou à delegacia com passos lentos, o rosto abatido e os olhos vermelhos de tanto chorar. Um oficial se aproximou da mesa de Helena e informou que ele havia chegado.

— Leve-o para a sala de interrogatório, por favor — disse Helena, ajeitando rapidamente os papéis sobre a mesa antes de segui-lo.

Quando entrou na sala, Paulo já estava sentado, segurando nervosamente um lenço entre as mãos trêmulas. Helena aproximou-se com um olhar sereno e compassivo.

— Senhor Simão, sou a investigadora Helena Prado. Antes de mais nada, quero expressar meus sentimentos pelo que aconteceu. Lamento profundamente sua perda.

Paulo balançou a cabeça, agradecendo silenciosamente, mas sua expressão era de dor evidente. Helena puxou uma cadeira e sentou-se à sua frente, oferecendo um copo de água.

Depois de um breve silêncio, ele falou, a voz embargada:

— Quem fez isso? Como alguém pode fazer algo assim com outra pessoa?

Sua indignação era palpável, misturada à tristeza.

Helena inclinou-se levemente, mantendo um tom calmo.

— É isso que estamos tentando descobrir, Paulo. Para isso, preciso que nos ajude com todas as informações que puder lembrar. Qualquer detalhe pode ser importante. Vamos começar. Notou algo diferente nas últimas semanas?

Paulo respirou fundo, tentando organizar os pensamentos.

— Sim... como disse ao oficial mais cedo, Raquel estava diferente. Nervosa, preocupada, mas nunca me disse o motivo. Perguntei várias vezes, mas ela dizia que estava tudo bem.

Helena assentiu, anotando.

— E no trabalho? Ela é gerente de banco, certo? Aconteceu algo por lá recentemente que pudesse preocupá-la?

Paulo negou com a cabeça.

— Não que eu saiba. Ela era muito querida no banco, tinha um bom relacionamento com os colegas e com os clientes.

— E com vizinhos ou amigos? Algum desentendimento, algo fora do normal?

— Não, nada. Raquel era uma pessoa tranquila.

Helena fez uma pausa, ponderando a próxima pergunta.

— Paulo, ela costumava caminhar sozinha no parque de madrugada?

— Sim, era um costume antigo dela — confirmou ele.

Helena estreitou os olhos, intrigada.

— Um costume antigo?

— Sim — Paulo explicou. — Há muitos anos atrás, quando ela tinha empresa, ela ficava trabalhando até tarde da noite em casa, ela saía para caminhar no parque antes de dormir. Dizia que a ajudava a relaxar. Hoje em dia, o trabalho dela no banco é bem diferente, mas tranquilo, mas ela manteve o hábito das caminhadas. Disse que só consegue dormir depois de andar um pouco no parque.

Helena franziu o cenho, sentindo que estava se aproximando de algo.

— Quando ela tinha empresa? — ela perguntou lentamente.

— Sim, ela já teve uma grande empresa de logística. Quase todos os galpões da cidade eram dela. Aliás, foi assim que nos conhecemos. Trabalhei na empresa dela. Raquel era uma empresária formidável, muito focada e extremamente ambiciosa.

Ele fez uma pausa, a voz embargada ao revisitar aquelas memórias.

— Mas cerca de sete ou oito anos atrás, tudo desmoronou. Ela perdeu tudo. Foi um período muito difícil para nós... ainda estamos tentando nos recuperar até hoje. Como ela tinha muitos amigos influentes, conseguiu esse emprego de gerente de banco na época.

Helena, claramente surpresa com a revelação, endireitou-se na cadeira.

— Então ela foi dona de uma das maiores empresas da cidade? Como se chamava a empresa?

— RN Logística — respondeu Paulo, com um leve suspiro.

Helena anotou rapidamente o nome, já formulando novas linhas de investigação.

— E você mencionou que ela perdeu tudo. Consegue ser mais específico? O que exatamente aconteceu?

Paulo passou a mão pelo rosto, tentando encontrar as palavras.

— A empresa começou a ter problemas financeiros. Alguns contratos importantes foram cancelados de repente, e houve um período em que não conseguíamos pagar fornecedores. Depois, surgiram problemas legais... investigações por sonegação fiscal e até fraude. Raquel sempre jurou que nunca cometeu nenhuma irregularidade, mas as coisas se agravaram. Os bancos congelaram as contas, nossos galpões estão interditados até hoje, e logo depois ela foi à falência. Foi devastador para ela.

— Ela mencionava algo recentemente sobre essa época? Alguma pessoa ou situação que pudesse ter voltado a assombrá-la?

— Não... não diretamente. Mas agora que você pergunta... — ele hesitou por um momento, franzindo a testa. — Nos últimos dias, ela mencionou algo. Disse: "Algumas dívidas nunca desaparecem." Na hora, não dei muita importância, mas agora...

Helena arregalou os olhos. O mesmo padrão. Sua mente estava em alerta.

— Paulo, vamos encerrar por agora. Você já nos deu muitas informações importantes. Mas, por favor, qualquer coisa que lembrar, não importa o quão insignificante pareça, entre em contato comigo. Pode ser algo recente ou algo do passado: ameaças, problemas relacionados a dívidas, qualquer comportamento estranho. Tudo pode ser relevante.

Ela puxou um cartão do bolso e entregou a ele, segurando sua mão por um instante em um gesto de apoio.

— Este é meu contato direto.

Paulo pegou o cartão, os dedos tremendo ligeiramente, e assentiu.

— Farei isso... Só quero que peguem quem fez isso com a Raquel. — Sua voz quebrou no final, um misto de dor e indignação.

Helena manteve o olhar firme, transmitindo determinação.

— Vamos fazer o possível, Paulo. Prometo.

Ela se levantou, enquanto Paulo fazia o mesmo. Ele saiu da sala acompanhado por um oficial, e logo seguiu para a saída da delegacia. No corredor, Helena parou por um momento, seus pensamentos fervilhando. As peças começavam a se encaixar. Raquel Neves e Carlos Brandão tinham algo em comum: ambos haviam sofrido quedas dramáticas, perdendo tudo que tinham. Ambos carregavam um passado de dívidas e segredos que agora pareciam ter voltado para cobrar seu preço, na forma de um assassino metódico.

6.

Visita Inesperada

Helena estava exausta. A tensão acumulava-se como uma nuvem pesada sobre seus ombros, e, apesar de toda sua experiência, o caso do Vigilante estava corroendo sua confiança de um jeito que ela nunca havia sentido. Ao chegar em casa, após mais um longo dia de interrogatórios e reuniões, jogou a bolsa sobre a poltrona e foi direto à cozinha, buscando um copo de água gelada para acalmar os nervos. Mas o alívio era passageiro.

Enquanto olhava distraída pela janela, uma inquietação sutil tomou conta dela. As luzes da rua cintilavam fracamente, mas havia algo mais. Um instinto aflorava, a sensação incômoda de estar sendo observada. O silêncio de seu apartamento parecia amplificado, cada som pequeno ecoando como um alerta. Era apenas o cansaço? Ou o caso estava começando a afetar sua percepção da realidade? Helena não sabia dizer, mas o sentimento não diminuía.

De repente, seu olhar pousou na mesa de jantar próxima à janela. Uma das cadeiras estava ligeiramente deslocada, como se alguém tivesse se sentado e não a empurrado de volta. O coração de Helena disparou.

Ela tinha certeza de que havia deixado tudo em ordem antes de sair. Ninguém mais tinha a chave de seu apartamento.

Uma batida rápida e hesitante na porta quebrou o silêncio. O som era baixo, quase como um toque de aviso. Helena congelou por um momento, mas rapidamente recuperou o controle, abrindo a gaveta do corredor e pegando uma arma pequena. Caminhou com cuidado até a porta, o som de seus próprios passos parecendo alto demais.

— Quem está aí? — A voz de Helena soou firme, mas seu coração batia com força, revelando o turbilhão de emoções que a dominava.

Silêncio.

Ela aproximou-se lentamente da porta, cada passo carregado de tensão. Espiou pelo olho mágico, e lá estava: uma sombra fugaz correndo pelo corredor, mal iluminada pelas luzes fracas. O vulto se afastava rapidamente. Helena sentiu um frio subir pela espinha.

Num movimento decidido, destrancou a porta e a abriu com um puxão. O corredor estava deserto, exceto pelo som distante de passos apressados descendo as escadas. O ar noturno, carregado por uma leve brisa, penetrou em seu apartamento, arrepiando sua pele. Foi então que algo chamou sua atenção.

Ao lado da porta, repousava um pequeno envelope branco. Simples, discreto, mas inegavelmente perturbador.

É ele. O Vigilante. A certeza cravou-se em sua mente como uma lâmina afiada. Sem pensar, Helena pegou o envelope e disparou em direção às escadas. Seus pés batiam com força contra os degraus, cada passo ecoando na escuridão do prédio. Eu não posso deixá-lo escapar.

Quando chegou ao térreo, a porta principal balançava suavemente, ainda aberta. Helena saiu rapidamente, os olhos varrendo a rua. E então o viu. Um homem vestido inteiramente de preto, capuz cobrindo parcialmente o rosto, corria em direção a uma rua estreita.

— Parado aí! Polícia! — Helena gritou, a voz carregada de autoridade e desespero.

Mas ele não parou. Ao contrário, aumentou a velocidade, movendo-se com a agilidade de alguém acostumado a fugir. Helena não hesitou. Correu atrás dele, ignorando o cansaço e a dor que começava a se instalar em suas pernas. Eu vou pegá-lo.

A perseguição a levou por ruas escuras e desertas. O homem era rápido, com passos largos e firmes, e Helena lutava para diminuir a distância. Subitamente, ele virou uma esquina, entrando em uma rua lateral sem saída. Helena sorriu internamente. Agora, ele está encurralado.

Mas sua confiança durou pouco. O suspeito não parou. Com uma destreza impressionante, escalou a alta grade metálica que bloqueava o fim da rua, desaparecendo do outro lado em segundos.

— Merda! — Helena murmurou, alcançando a grade.

Ela começou a subir, as mãos escorregando. O cansaço pesava, mas sua determinação era maior. Quando finalmente chegou ao topo e pulou para o outro lado, seus olhos vasculharam freneticamente a nova rua.

Nada. Ele havia desaparecido.

A rua, embora tarde da noite, ainda tinha movimento. Pessoas caminhavam distraídas, carros passavam lentamente, mas o Vigilante não estava entre eles. Helena sentiu uma onda de frustração avassaladora. Tão perto... ele estava tão perto.

Sem alternativas, voltou para casa, sentindo o peso da derrota. Assim que entrou em seu apartamento, trancou a porta e pegou o celular com mãos trêmulas. Discou rapidamente.

— Augusto? Preciso de você aqui. Agora.

Enquanto esperava, olhou novamente para o envelope, suas mãos hesitaram por um segundo antes de abri-lo. Dentro, uma única folha de papel dobrada. As palavras, simples e diretas, pareciam pulsar na escuridão do apartamento:

"O acerto de contas é inevitável."

O sangue de Helena gelou. Seus dedos apertaram o papel com força. O Vigilante não apenas a tinha alcançado, ele estava invadindo seu espaço pessoal. Sabia onde ela morava, esperou o momento exato para se aproximar e, o mais perturbador, deixou claro que aquilo era só o começo.

Seus pensamentos eram um turbilhão. Até onde ele iria? Desde o primeiro SMS, ele parecia obcecado. Agora, essa mensagem era diferente. Mais audaciosa. Mais... pessoal. Pela primeira vez em anos, Helena sentiu um medo genuíno. Ela estava exposta, vulnerável.

A campainha tocou, interrompendo seus pensamentos. Helena foi até a porta e olhou pelo olho mágico. Era Augusto. Ela abriu rapidamente.

— Me conta o que aconteceu — ele pediu, entrando sem cerimônia e fechando a porta atrás de si.

Helena respirou fundo e contou tudo, do som na porta à perseguição frenética, até o envelope. Entregou a carta a ele, que a leu em silêncio. Seu semblante ficou ainda mais grave.

— Isso é uma ameaça, Helena. Ele quer te desestabilizar. Sabe onde você mora, sabe seus passos. Isso é sério. Ele pode voltar.

— Eu sei. Ele está me observando, Augusto. E quer que eu saiba disso. Mas por quê? Por que eu? — Helena balançava a cabeça, tentando encontrar alguma lógica.

— Ele não está apenas jogando com você. Está mostrando que tem controle, que está sempre um passo à frente. Isso é perigoso. — Augusto fez uma pausa. — Você não está segura aqui.

Pouco depois, uma patrulha chegou ao prédio. Os oficiais fizeram uma varredura completa no apartamento, mas não encontraram nada suspeito. Um deles garantiu que ficariam de plantão na entrada durante toda a noite.

— Você precisa descansar. Eu fico de olho aqui. — Augusto se ofereceu, com firmeza na voz.

Exausta, Helena acabou cedendo. Deitou-se, mas o sono veio aos poucos, pesado e inquieto.
Pela manhã, Helena acordou e encontrou Augusto dormindo no sofá. Um leve sorriso escapou. Pela primeira vez em muito tempo, ela sentiu que tinha alguém com quem podia contar.

Na delegacia, Helena levou a carta diretamente para a análise da perícia, deixando claro que queria respostas rápidas. Depois, dirigiu-se à sala de Ramos. Bateu na porta, e ao ouvir o seco "Entre", entrou, fechando a porta atrás de si.

Ramos estava sentado atrás de sua mesa, cercado por pilhas de relatórios. Ele ergueu os olhos assim que Helena entrou e imediatamente percebeu seu semblante tenso.

— O que houve, Helena? — perguntou, a preocupação evidente na voz.

Helena não perdeu tempo. Sentou-se na cadeira à frente dele, pegou o celular do bolso e mostrou a foto da carta que havia recebido na noite anterior.

— Isso apareceu na minha casa ontem à noite. Ele esteve lá, Ramos. Dentro do meu apartamento.

Ramos pegou o celular e examinou a imagem com atenção. A mensagem era curta, mas ameaçadora.

— "O acerto de contas é inevitável" — leu em voz alta, com um tom pesado. Ele colocou o celular na mesa e apoiou os cotovelos sobre os relatórios, encarando Helena. — Desde o início ele sabia que você estava no caso. Primeiro aquela mensagem no seu celular, e agora isso. Ele foi até sua casa, Helena. Isso é pessoal.

Helena respirou fundo, mantendo a compostura.

— Concordo. Ele não está apenas tentando nos despistar. Ele quer me intimidar, me desafiar.

Ramos assentiu lentamente, mas havia um brilho de preocupação em seus olhos.

— Precisamos garantir sua segurança. O Vigilante não é apenas um criminoso comum; ele é metódico, audacioso, e claramente habilidoso. Helena, estou falando sério: posso te tirar do caso. Tire umas férias, descanse. Deixe o Augusto assumir. Ele já mostrou que consegue conduzir uma investigação sozinho.

Helena se endireitou na cadeira, seu olhar firme.

— Ramos, eu entendo sua preocupação, mas não vou recuar. Não agora. Esse é o meu caso. Eu quero pegar esse cara. Não vou deixá-lo vencer.

Ramos a observou em silêncio por alguns segundos, avaliando sua determinação. Por fim, soltou um longo suspiro.

— Tudo bem. — Ele recostou-se na cadeira. — Mas vamos fazer do meu jeito. Vou colocar uma patrulha fixa em sua casa todas as noites. E isso não é negociável.

Helena assentiu, mas Ramos continuou com um tom mais sério:

— Mas escute bem, Helena. Se sua segurança for comprometida de novo, eu não vou hesitar em te tirar do caso. Não vou arriscar sua vida por orgulho ou teimosia.

Helena concordou com um leve aceno de cabeça.

— Entendido, Ramos.

Apesar da tensão, ambos sabiam que o caso agora era mais pessoal do que nunca. Ramos queria protegê-la, mas Helena estava determinada a enfrentar o Vigilante até o fim.

Quando Helena saiu da sala de Ramos, Augusto a abordou com uma expressão séria.

— Helena, tem algo que preciso te mostrar.

Ele a levou para uma sala ao lado e tirou um pequeno dispositivo eletrônico da pasta.

— Isso estava preso no seu carro, debaixo do painel. É um rastreador.

Helena sentiu o chão desaparecer sob seus pés.

— Há quanto tempo isso está aí? — perguntou, tentando manter a calma.

— Não sabemos. Mas quem o colocou sabia exatamente o que estava fazendo.

O jogo psicológico que O Vigilante estava jogando tornava-se mais claro a cada dia. Ele não queria apenas matar, ele queria manipular, desestabilizar, fazer com que Helena duvidasse de si mesma, de sua segurança e de sua sanidade.

Helena entrou em sua sala e avistou um envelope pardo sobre sua mesa. Era o relatório forense de Raquel Neves. Com o coração acelerado, ela se sentou e começou a folhear as páginas. Seus olhos correram ansiosos pelas primeiras linhas, mas a expectativa logo deu lugar a uma sensação de frustração crescente.

— Não há vestígios de DNA ou digitais iguais aos de Carlos Brandão? — murmurou, incrédula, enquanto virava a página. — Como isso é possível?

O relatório era claro: a causa da morte de Raquel Neves era idêntica à de Carlos Brandão. Asfixia por estrangulamento, executada de maneira precisa, quase clínica. Nenhum sinal de luta, apenas pequenas equimoses no pescoço, evidenciando o uso de força controlada. Nenhum fio de cabelo. Nenhuma impressão digital. Nenhum traço de DNA. Nem no corpo das vítimas, nem nas cenas dos crimes.

Helena suspirou profundamente. Um fantasma, pensou. Continuou lendo, buscando algo, qualquer coisa. O relatório mencionava o celular da vítima, mas nada surpreendente. Apenas as digitais de Raquel.

Ela sentiu o peso de um beco sem saída pressionando seus ombros. Foi então que Lourdes entrou na sala, carregando um maço de papéis.

— Helena, tenho novidades. — Lourdes anunciou, depositando os documentos sobre a mesa.

Helena ergueu os olhos.

— Primeiro, o que você pediu sobre o passado de Raquel Neves. Aqui está um relatório detalhado. — Lourdes continuou. — Ela foi proprietária de uma das maiores empresas de logística do país. A falência aconteceu há sete anos, resultado de fiscalizações rigorosas. Uma das principais foi uma investigação anticorrupção e de lavagem de dinheiro, iniciada por denúncias anônimas.

— Denúncias anônimas? — Helena perguntou, franzindo a testa.

— Sim. E, segundo os registros, as provas apresentadas eram irrefutáveis. A empresa declarou falência, e vários armazéns ainda estão interditados, aguardando liberação judicial.

Helena refletiu por um momento. Alguém com um propósito claro fez isso acontecer.

— Lourdes, preciso que você investigue o passado de Carlos Brandão também. Augusto está sobrecarregado, então não conseguiu ainda. Pode cuidar disso para mim?

— Claro, Helena. — Lourdes confirmou prontamente.

Antes de sair, Lourdes puxou mais três pastas e as abriu sobre a mesa.

— Agora, sobre as mortes no horário que você pediu. Fiz uma pesquisa e encontrei três casos entre 3h e 3h30. Todos eles têm potencial para serem motivados por vingança, e nenhum teve culpados identificados.

Helena pegou a primeira pasta. Lourdes começou a explicar:

— O primeiro caso: um marido, ao voltar de viagem, encontrou a esposa assassinada em casa. Nenhum suspeito foi preso.

Helena folheou rapidamente, mas logo passou para a segunda pasta.

— O segundo caso é um sequestro. A vítima foi a sobrinha de um político influente. O resgate foi mal-sucedido, e ela foi morta. A polícia nunca descobriu os sequestradores.

Helena passou à terceira pasta, mas, antes que pudesse começar a ler, Lourdes continuou:

— O terceiro é um caso peculiar. Uma família inteira morreu em uma explosão de gás, mas a investigação deixou dúvidas. Apenas um sobrevivente: um menino de 13 anos, que estava dormindo na casa de um amigo na hora da explosão.

Os olhos de Helena se arregalaram. Um pressentimento poderoso a dominou. Ela começou a folhear a pasta com cuidado, absorvendo cada detalhe.

— Lourdes, qual o nome do menino? — perguntou com uma tensão palpável.

— Filipe Ferreira. — Lourdes apontou para a página. — Isso aconteceu há 15 anos. Após a tragédia, Filipe foi para um abrigo de menores, onde permaneceu até os 18 anos.

Helena fechou a pasta lentamente, um arrepio percorrendo sua espinha.

— Lourdes, preciso saber tudo sobre ele. Onde está agora, o que faz. Tudo. E com urgência.

Lourdes acenou, ciente da gravidade do pedido.

— Entendido. Vou começar imediatamente.

Quando Lourdes saiu, Augusto entrou. Ele percebeu a expressão tensa de Helena e foi direto ao ponto.

— Novidades?

— Sim. — Helena respondeu, tentando organizar os pensamentos. — Lourdes encontrou algo importante. Um caso antigo que pode estar ligado ao nosso assassino. Tem todos os elementos de uma vingança.

Augusto assentiu, satisfeito com o progresso.

— Isso é excelente. Quanto antes resolvermos, mais vidas podemos salvar. E você, Helena? Como está?

Ela suspirou, mas seu tom era firme:

— Estou bem. Preciso focar. Não posso me deixar abalar pelas ameaças.

Augusto colocou uma mão tranquilizadora em seu ombro.

— Você sabe que pode contar comigo, sempre.

Helena deu um leve sorriso, mas em seus olhos havia determinação. Agora era uma corrida contra o tempo. E ela não pretendia perder.

O telefone de Helena toca sobre a mesa. Ela atendeu rapidamente ao ver o nome de Rubens, da equipe forense.

— Helena, pode vir até aqui? — a voz de Rubens soava tensa, mas carregada de expectativa.

— Estou a caminho. — Helena respondeu, sinalizando para Augusto. — Vamos.

Os dois seguiram para a sala de Rubens, onde encontraram outros oficiais que haviam participado da última reunião. Assim que entraram, Rubens os cumprimentou com um breve aceno.

— Bom dia, Helena. Augusto. — disse um dos oficiais — Fizemos a varredura no parque, como você pediu, e encontramos algo interessante.

Sobre a mesa, havia um saco transparente. Helena franziu a testa, aproximando-se.

— O que é isso? — perguntou, ansiosa.

Rubens, usando luvas, abriu cuidadosamente o saco. De dentro, puxou um moletom preto. O tecido tinha marcas de sujeira e estava amassado, mas Helena o reconheceu imediatamente.

— É parecido com o que vimos o Vigilante usando no vídeo do parque.

Helena inclinou-se, surpresa e entusiasmada.

— Finalmente! Um erro. — murmurou, quase incrédula. — Ele trocou de roupa no parque. Por isso não conseguimos capturar sua imagem saindo.

Augusto cruzou os braços, ponderando.

— E algum vestígio de DNA? Conseguimos algo que nos leve a ele?

Rubens assentiu com confiança, pegando o capuz do moletom e exibindo fios de cabelo presos na costura interna.

— Encontramos isso. Vou fazer a análise, mas estou otimista. Com esses fios de cabelo, temos uma boa chance de identificar nosso homem.

Helena deu um leve sorriso, sua mente trabalhando a toda velocidade.

— Bom trabalho, pessoal. — disse, dirigindo-se aos oficiais. Em seguida, voltou-se para Rubens, que já se adiantava:

— Sim, eu sei. Máxima urgência. — ele respondeu com um leve sorriso.

Helena riu de leve, satisfeita.

— Exatamente.

Com isso, ela e Augusto saíram da sala de Rubens. O corredor parecia mais iluminado, ou talvez fosse o peso que começava a sair de seus ombros. Helena caminhava com confiança renovada.

— As peças estão se encaixando, Augusto. — ela disse, com determinação. — Estamos perto. Muito perto.

Augusto sorriu, compartilhando do otimismo.

— Agora é só questão de tempo. Esse caso está prestes a ser resolvido.

7.
O Rastro

De volta a sua mesa, Helena sentiu o peso das últimas revelações pressionando seus ombros. A sala ao redor parecia distante, o burburinho de vozes e o som de telefones tocando se misturando em um ruído indistinto. Sua mente estava presa em um único pensamento: o que Lourdes havia descoberto sobre o caso da explosão de gás de quinze anos atrás.

Ela pegou a pasta novamente, as mãos firmes, mas o coração disparado. Folheou as páginas com cuidado, lendo cada detalhe como se tentasse extrair um significado oculto. O relatório técnico, as declarações de testemunhas, o laudo da perícia... Tudo parecia comum, até que chegou à última página.

Foi então que viu seu próprio nome.

Seu corpo gelou. Eu fui a detetive desse caso.

Um frio subiu por sua espinha, e ela sentiu o ar ao redor se tornar denso. Helena fechou os olhos por um instante, tentando reunir suas lembranças. A solução do caso fora rápida; a perícia concluiu que a explosão foi causada por uma fuga de gás, um acidente trágico. Na época, ela aceitou a conclusão, como todos os outros. Mas agora, tudo parecia diferente.

As memórias vieram em flashes, fragmentos de uma época distante. Helena lembrou-se da manhã seguinte à tragédia. O sol pálido mal iluminava os destroços. A casa havia sido completamente destruída; as paredes desmoronadas, o interior reduzido a cinzas. No meio daquele cenário desolador, um garoto de treze anos permanecia imóvel. Seus olhos escuros estavam fixos nos restos da casa. Ele não chorava, não se movia. Estava em choque.

Helena lembrou-se de tentar falar com ele. Ajoelhou-se ao seu lado, tentando estabelecer uma conexão.

— Filipe, meu nome é Helena. Estou aqui para ajudar. — dissera ela, suavemente.

O garoto levantou os olhos, mas não disse nada. Seu olhar era profundo, vazio e, ao mesmo tempo, cheio de uma dor que Helena não conseguia compreender. Era como se ele olhasse através dela, enxergando algo que ninguém mais podia ver. Um silêncio pesado pairou entre eles, até que Helena foi chamada por outro oficial.

De volta ao presente, Helena abriu os olhos. Um calafrio percorreu sua espinha. Ele é o Vigilante. O menino traumatizado de quinze anos atrás havia crescido e se tornado um assassino. Tudo começava a se encaixar, mas ainda havia peças faltando. Raquel Neves e Carlos Brandão. O que eles têm a ver com a tragédia da família de Filipe? Helena apertou os olhos, decidida. Eu preciso descobrir.

Com as mãos ainda trêmulas, ligou seu computador e começou a buscar informações sobre Filipe Ferreira. Encontrou algumas notícias antigas sobre a tragédia, relembrando a atenção da mídia na época. Mas, depois disso, o rastro dele desaparecia. Nenhuma rede social, nenhuma foto recente. Nada.

Helena sentiu a frustração crescer. Ela precisava de mais. Digitou o nome dele nos arquivos da polícia e, finalmente, encontrou algo: após a tragédia, Filipe foi levado pelo Conselho Tutelar e enviado para um abrigo de menores chamado Três Marias, onde permaneceu até completar dezoito anos. Depois disso, nenhum registro. Filipe Ferreira havia desaparecido dos registros oficiais.

Helena olhou para o relógio. Sentia uma inquietação crescente precisava ir nesse abrigo onde Filipe cresceu, dentro dela havia uma necessidade urgente de preencher as lacunas. Algo nesse caso a perturbava profundamente. Ela precisava saber mais, precisava entender o que transformara Filipe naquele homem perigoso e calculista.

Com determinação renovada, pegou sua bolsa e saiu de sua mesa, ignorando as distrações ao redor. Enquanto caminhava em direção ao estacionamento, a mente fervilhava com possibilidades. O que Filipe está tentando me mostrar? Por que me escolheu? As perguntas martelavam em sua cabeça, mas uma coisa era certa: ela estava disposta a ir até o fim para descobrir.

O sol já estava alto quando Helena saiu da delegacia e dirigiu rumo ao abrigo de menores Três Marias, localizado nos arredores da cidade. O percurso era longo, passando por ruas mais estreitas e depois por estradas ladeadas de árvores, até que finalmente avistou a construção simples e desgastada pelo tempo. A fachada do abrigo era modesta, com muros baixos e um portão de ferro enferrujado, parcialmente coberto por trepadeiras. Um pequeno jardim à frente, embora bem cuidado, não escondia o peso histórico do lugar.

Helena estacionou o carro, respirou fundo e entrou. No hall de entrada, um espaço iluminado com poltronas gastas e um balcão de madeira antiga, foi recebida por uma recepcionista jovem, que a observou com curiosidade.

— Posso ajudar? — perguntou a recepcionista.

— Sim, gostaria de falar com a superiora do local.

A mulher assentiu, mas hesitou.

— A Carmem está, mas a senhora tem hora marcada?

Helena sacou sua identificação, mostrando-a com firmeza.

— Não, mas sou detetive de polícia. Trata-se de um caso importante.

A recepcionista não discutiu. Pegou o telefone sobre o balcão e fez uma ligação breve. Poucos minutos depois, Carmem apareceu, caminhando com passos lentos. Era uma mulher idosa, com cabelos brancos presos em um coque e um semblante que transmitia autoridade, apesar do sorriso acolhedor.

— Detetive Helena? Entre, por favor — disse Carmem, indicando com a mão para que a seguisse.

Helena foi conduzida a uma pequena sala de estar, repleta de móveis antigos e estantes cheias de livros e fotografias. Carmem se sentou e ofereceu à detetive um assento em frente a ela.

— Em que posso ajudar? — perguntou Carmem, com um tom calmo, mas curioso.

Helena se apresentou formalmente e explicou que precisava de informações sobre um ex-interno.

— O nome dele é Filipe Ferreira — disse.

Carmem franziu a testa, pensativa.

— Filipe Ferreira... — repetiu. — Estou aqui há muitos anos, mas esse nome não me é familiar. Sabe quando ele esteve aqui?

— Sim, foi há 15 anos — respondeu Helena.

— Ah, sim. Isso explica — disse Carmem, levantando-se com dificuldade. — Um momento, por favor.

Ela caminhou até um armário grande no canto da sala e começou a procurar entre várias pastas antigas, amareladas pelo tempo. Após alguns minutos de busca, puxou uma pasta empoeirada e a abriu sobre a mesa. Dentro, havia registros de todos os internos daquela época, com fotos 3x4 e informações básicas.

— Aqui está — disse ela, mostrando a foto de um garoto magro, de cabelos escuros e olhos profundos. — Filipe Ferreira.

Helena observou a foto com atenção. Era ele, sem dúvidas.

— Sim, é ele — confirmou Helena, sentindo uma mistura de alívio e apreensão. — Filipe perdeu toda a família em um acidente de gás. Era só um menino quando chegou aqui. A senhora se lembra dele agora?

Carmem assentiu lentamente, como se as lembranças estivessem voltando aos poucos.

— Ah, sim. Agora me lembro. Filipe era... diferente. Quando chegou, estava em estado de choque. Ficava sentado, olhando para o nada, como se o mundo ao redor não existisse. Quase não falava.

— E depois? Ele mudou com o tempo? — perguntou Helena, tomando notas mentais de cada detalhe.

— Sim, de certa forma — disse Carmem, pensativa. — Com o passar dos meses, ele transformou aquele silêncio em algo... focado. Começou a passar horas no computador e lendo livros. Sempre sozinho. Nunca foi de fazer amigos ou participar das atividades coletivas, mas tinha uma fome de conhecimento impressionante. Parecia que estava buscando algo específico, como se tivesse um propósito maior.

Helena inclinou-se para frente.

— Ele alguma vez disse o que estava pesquisando?

— Não diretamente — respondeu Carmem. — Mas era fácil perceber que ele tinha um interesse profundo em justiça e criminologia. Lia tudo o que conseguia sobre leis, investigações criminais, até mesmo psicologia forense.

Helena franziu a testa, processando as informações.

— Ele era violento? Alguma vez demonstrou agressividade?

— Nunca — disse Carmem com firmeza. — Filipe era reservado, mas tinha um controle absoluto sobre suas emoções. Mesmo quando era provocado por outros garotos, ele simplesmente os ignorava. Nunca levantou a voz, nunca se envolveu em brigas.

Helena fez uma pausa, considerando o perfil que estava se formando. Filipe Ferreira parecia o oposto de um criminoso impulsivo. Ele era metódico, calculista.

— Alguma foto mais recente dele? Algo dos últimos anos que ele esteve aqui? — perguntou Helena.

Carmem se levantou novamente, gesticulando para que a seguisse.

— Talvez tenhamos algo nos corredores. Costumamos expor fotos de eventos. Mas devo avisar, Filipe raramente participava.

Elas caminharam pelos corredores estreitos do abrigo, cujas paredes eram decoradas com quadros cheios de fotos. Eventos escolares, festas, e feiras científicas estavam registrados em cada uma delas. Após alguns minutos de busca, Carmem parou diante de uma foto antiga de uma feira de ciências.

— Aqui — disse ela, apontando. — Filipe. Ele está sentado no canto.

Helena aproximou-se, pegando o celular para tirar uma foto da imagem. Filipe estava lá, olhando para algo fora do quadro, com a mesma expressão séria de sempre.

— Nessa foto ela ainda esta um garoto, teria uma foto de quando ele saiu, aos 18 anos? Alguma coisa?

Carmem balançou a cabeça.

— Não que eu me lembre, mas vou perguntar a algumas professoras. Se encontrarmos algo, avisarei.

Helena entregou um cartão com seu contato, agradecendo a diretora.

Enquanto se despediam, Carmem parou por um momento, olhando diretamente nos olhos de Helena.

— Sabe, Filipe sempre foi um bom garoto. O que quer que você esteja investigando, detetive, posso garantir que ele nunca faria algo que não acreditasse ser o certo.

Helena agradeceu novamente e saiu. No caminho de volta ao carro, as palavras de Carmem ecoavam em sua mente. Filipe não era apenas um garoto traumatizado. Ele era um enigma. E Helena sabia que, para resolver o caso, precisaria decifrá-lo antes que fosse tarde demais.

Helena dirigia de volta à delegacia, com a mente fervilhando pelas informações recém-descobertas no abrigo. As imagens de Filipe Ferreira, o garoto solitário e obsessivo por justiça, não saíam de sua cabeça. O silêncio dentro do carro era quebrado apenas pelo ruído do motor e o som baixo da chuva fina que começava a cair.

De repente, o celular vibrou no console ao lado. Era Rubens.

— Rubens? — atendeu ela, tentando manter a voz firme enquanto uma sensação de ansiedade tomava conta.

— Helena, já tenho o resultado do DNA do casaco encontrado no parque — disse Rubens, sem rodeios. — Deu positivo. Nos registros, corresponde a Filipe Ferreira. Acabei de te enviar o relatório completo por e-mail.

Helena sentiu um frio percorrer sua espinha. As peças finalmente estavam se encaixando. Era ele. Filipe Ferreira era o vigilante.

— Obrigada, Rubens — disse, a voz um pouco rouca. — Agradeço pela urgência nessa análise.

— Sei que é um caso grande — respondeu Rubens. — Qualquer coisa, me avisa.

Helena desligou, mas não teve tempo de processar a informação. Sua mente girava em mil direções. Sua intuição a estava guiado para o caminho certo.

Sem perder tempo, ela apertou o botão de chamada no volante e ligou para Augusto.

— Helena? — atendeu ele, com o tom habitual de seriedade.

— Augusto, é Helena — disse ela rapidamente. — Preciso que você encontre, agora, o endereço de Filipe Ferreira. É urgente.

— Filipe Ferreira? — repetiu Augusto, confuso. — Quem é ele? O que está acontecendo?

Helena respirou fundo, mantendo o controle.

— É uma longa história, mas ele está diretamente ligado ao caso. Eu te explico assim que chegar. Já estou a caminho da delegacia, mas, por favor, começa a busca. Precisamos saber onde encontrá-lo.

— Certo, estou nisso — respondeu Augusto, com o tom mais firme. — Vou verificar agora mesmo.

Helena desligou e aumentou a velocidade, os olhos fixos na estrada molhada à frente. A chuva começou a cair, e as gotas pesadas no para-brisa pareciam sincronizadas com a batida acelerada de seu coração. Cada momento contava. Se Filipe já era capaz de assassinar com tanta precisão e deixar pistas mínimas, o que mais ele poderia estar planejando? E, mais importante, o que ainda estava escondido nos detalhes do passado que o levavam a essa busca por vingança?

De volta à delegacia, Helena entrou como um furacão, determinada a encontrar Filipe Ferreira. Sua mente estava em constante rotação, cada passo a aproximava da solução, mas o tempo parecia seu maior inimigo. Sem hesitar, dirigiu-se à mesa de Augusto, que estava concentrado no computador.

— Augusto, conseguiu o endereço? — perguntou, a voz carregada de urgência.

Augusto ergueu os olhos, com uma expressão mista de frustração e preocupação.

— Nada, apenas encontrei uma informação antiga que ele viveu em um abrigo de menores a anos atrás, mas não há nenhum registro atual de Filipe Ferreira. Nem endereço, nem cartão de crédito, conta de banco, nada. É como se ele tivesse desaparecido depois que saiu desse abrigo.

Helena sentiu uma onda de frustração percorrer seu corpo. Ela passou as mãos pelos cabelos, tentando conter o desespero crescente.

— Como ele pode simplesmente sumir? — murmurou. — Cadê ele?

Augusto inclinou-se para frente.

— Helena, quem é esse Filipe Ferreira? Por que ele é tão importante?

Antes que Helena pudesse responder, Lourdes surgiu à porta com um ar urgente.

— Helena, você precisa ver isso.

Helena suspirou, indicou a Augusto que esperasse, e seguiu Lourdes até sua própria mesa. Lourdes colocou um relatório diante dela.

— Aqui está o que você pediu — disse Lourdes. — O motivo da falência da construtora de Carlos Brandão.

Helena abriu o relatório e começou a folhear as páginas enquanto Lourdes explicava.

— A empresa de Carlos Brandão teve o mesmo motivo da falência da empresa de Raquel Neves, denúncias anônimas de irregularidades fiscais, investigações anticorrupção e lavagem de dinheiro, tudo feito com provas fornecidas por uma denuncia anônima.

Helena sentiu um frio percorrer sua espinha. Ela murmurou, quase para si mesma:

— É ele... Filipe fez essas denúncias. É por isso que ele se dedicou tanto a estudar leis. Mas o que eles têm a ver com o assassinato de sua família ?

Lourdes avançou algumas páginas no relatório, apontando para uma seção destacada.

— Veja isso. As empresas de Carlos Brandão e Raquel Neves tinham contratos em comum. Carlos era responsável pela construção de galpões logísticos para Raquel. Eles não só trabalhavam juntos, mas também estavam envolvidos nas mesmas irregularidades.

Helena ficou paralisada por um momento. Seus olhos varreram rapidamente as informações, e tudo começou a fazer sentido.

— Está tudo conectado — murmurou, com uma mistura de espanto e clareza. — As vítimas não foram escolhidas ao acaso. Ambos estavam envolvidos em atividades ilícitas. Ele está limpando o que ele considera ser errado... mas por quê especificamente eles? E porque matá-los depois de 7 anos de os levarem a falência?

Lourdes assentiu, reconhecendo o peso da descoberta.

— Qualquer outra coisa que eu encontrar, aviso você imediatamente.

Quando Lourdes começou a sair, Helena a chamou novamente.

— Lourdes, acha que consegue encontrar Filipe Ferreira? Um endereço, algum rastro...

Lourdes sorriu de leve, confiante.

— Deixe comigo.

Assim que Lourdes saiu, Helena ficou sozinha com seus pensamentos. A descoberta sobre as vítimas e sua ligação trouxe clareza, mas também alimentou novas dúvidas. Por que Filipe estava tentando se comunicar com ela? Por que a envolvia em sua cruzada? Será que ela tinha cometido um erro no caso de 15 anos atrás?

Um peso começou a se acumular em seu peito. E se o acidente não tivesse sido tão acidental assim? A ideia de ter deixado passar algo tão crucial estava começando a corroê-la. Talvez sua condução do caso tivesse deixado Filipe à deriva, sem justiça, forçando-o a buscar sua própria versão dela.

Augusto se aproximou da mesa de Helena, interrompendo seus pensamento.

— Helena, sobre o Filipe Ferreira... — começou ele, com a voz cautelosa. — É ele, não é? Ele é o vigilante?

Helena ergueu o olhar para ele, os olhos refletindo cansaço e determinação.

— Tudo aponta para isso, Augusto. O resultado do DNA no casaco encontrado no parque saiu hoje. É compatível com o Filipe Ferreira.

Augusto cruzou os braços, pensativo.

— Isso é suficiente para prendê-lo?

Helena balançou a cabeça.

— Não, infelizmente, ainda não. O DNA dele no casaco não prova que ele cometeu os assassinatos. Mas todos os indícios estão convergindo. E você acabou de me lembrar de algo.

Ela pegou o telefone na mesa e discou rapidamente.

— Rubens? Aqui é a Helena — disse, sua voz firme. — Existe alguma chance de encontrarmos vestígios do DNA de Raquel Neves no casaco? Algo que conecte os dois?

Do outro lado da linha, Rubens hesitou por um momento antes de responder:

— Pensei nisso também. Mas essa análise é mais minuciosa. O que encontrei até agora foram fios de cabelo que pertencem a Filipe Ferreira. Estou aprofundando os exames para ver se localizo fibras, células epiteliais ou qualquer outra coisa que possa ligar o casaco à Raquel Neves.

Helena respirou fundo.

— Ótimo. Priorize isso, Rubens. Qualquer novidade, pode me ligar, mesmo que seja tarde.

— Pode deixar, Helena.

Ela encerrou a ligação e olhou para Augusto, que a observava atentamente.

— É ele, Augusto. Só precisamos amarrar as pontas soltas e entender por que ele fez isso. Mas, a cada peça que encaixamos, sinto que estamos mais perto de desvendar tudo.

A conversa foi interrompida pela primeira sombra da noite que começava a envolver Monteres. Helena fechou a pasta sobre sua mesa, sinalizando que era hora de encerrar o dia.

— Está indo para casa? — perguntou Augusto, notando o movimento.

— Sim. Já deu por hoje.

Ele a observou por um instante antes de oferecer:

— Quer que eu te leve? Não seria má ideia ter companhia.

Helena sorriu levemente, um gesto que misturava gratidão e cansaço.

— Agradeço, Augusto, obrigada novamente pela noite passada, mas uma viatura vai ficar estacionada em frente à minha casa esta noite. Ramos está em cima de mim com isso.

— Mesmo assim, qualquer coisa, me ligue. Não importa a hora — insistiu ele, com seriedade.

Helena manteve o sorriso, um pouco mais caloroso desta vez.

— Prometo. Obrigada.

Helena entrou no carro, ligou o motor e acenou antes de partir. Do lado de fora, Augusto permaneceu parado por um momento, observando as luzes traseiras do veículo se afastarem na escuridão da cidade.

8.
Sons na Escuridão

A noite em Monteres estava calma, mas Helena sentia uma inquietação que parecia sufocar o ar ao seu redor. Quando estacionou em frente ao prédio, deu uma última olhada na viatura policial parada do outro lado da rua. A presença dela trazia certo alívio, mas não era suficiente para dissipar as sombras que pairavam em sua mente.

Subiu as escadas em silêncio, as chaves tilintando em sua mão. Ao abrir a porta, a primeira coisa que fez foi inspecionar cada canto do apartamento. Passou pela sala, verificou se tinha alguma câmera escondida, escuta, olhou atrás dos móveis e até nos lugares mais improváveis. Quando chegou ao quarto, checou as gavetas, os armários, até o espaço debaixo da cama. O vigilante já havia invadido sua casa antes, e a ideia de que pudesse ter feito isso novamente era insuportável.

— Tudo no lugar... — murmurou para si mesma, ainda desconfiada.

Foi até a janela da sala e puxou a cortina levemente para confirmar a presença da viatura. Os faróis refletiam na calçada. "Ainda ali", pensou, finalmente sentindo os ombros relaxarem.

Exausta, Helena decidiu que precisava de uma pausa. Entrou no banheiro e tomou um banho quente, deixando a água levar embora o peso do dia. Quando saiu, vestiu roupas confortáveis e foi para a cozinha preparar um café. Enquanto o aroma tomava o ar, ligou a televisão para se distrair.

O noticiário ocupava a tela. "O vigilante continua sendo o mistério de Monteres", dizia o âncora, com a expressão tensa. "Quem será a próxima vítima? O assassino parece estar sempre um passo à da polícia."

Helena segurou a xícara, sentindo o calor atravessar a cerâmica, e observou a transmissão por um instante. As palavras ecoavam em sua mente, mas ela sabia que não podia se deixar levar pelo cansaço mental. Pegou o controle remoto e desligou a TV.

— Chega. Preciso refrescar a mente. — murmurou.

Foi nesse momento que o som do celular bipou. Ela olhou para o aparelho, esperando uma mensagem de alguém da delegacia, mas a notificação mostrava "Número desconhecido". Instantaneamente, sentiu a tensão subir por seu corpo como uma onda gelada. Seu coração disparou.

— É ele... — disse a si mesma.

Com dedos rápidos, abriu a mensagem.

"A verdade está enterrada 39157635"

Helena leu as palavras repetidas vezes. Seu instinto gritava que aquilo era uma pista. Algo que o vigilante queria que ela encontrasse. O número chamava sua atenção.

— A verdade está enterrada... — repetiu, franzindo a testa. — Algo que ele quer desenterrar. Mas o quê?

Ela se sentou à mesa e abriu o laptop, começando a digitar o número. Pesquisou combinações possíveis e correlações. Levou alguns minutos, mas então encontrou algo que fez seu estômago revirar.

— É uma coordenada... — murmurou, ao ver a localização aproximada aparecer na tela. Era um ponto nos arredores de Monteres, numa área isolada.

Helena encostou na cadeira, fitando o mapa na tela. Não era coincidência. Ele estava claramente indicando um local específico.

— Tenho que ir até lá. — Ela sussurrou, lutando com a indecisão. Se avisasse Ramos, ele jamais permitiria que fosse sozinha. Certamente levaria toda a frota policial, e isso poderia afastar o vigilante. "Não posso perder essa oportunidade", pensou. "Não agora."

Decidida, pegou o telefone e ligou para Augusto.

— Helena? — Ele atendeu com um tom de curiosidade.

— Augusto, sei que é tarde, mas preciso que me acompanhe a um lugar. É importante.

— Onde? O que está acontecendo? — Ele soava preocupado.

— Te explico aqui. Pode vir até minha casa?

— Estou a caminho, Helena.

Ao desligar, Helena respirou fundo, sentindo o peso da decisão que acabara de tomar. Estava prestes a entrar em território desconhecido, mas sabia que não podia recuar. Havia algo enterrado ali — algo que Filipe Ferreira queria que ela visse. E ela não descansaria até descobrir o que era.

O carro de Helena cortava a escuridão da estrada com seus faróis brilhando como olhos atentos. Ela dirigia com firmeza, suas mãos agarrando o volante como se pudessem controlar não só o veículo, mas também o destino que a esperava. Augusto estava no banco do passageiro, observando a estrada vazia e silenciosa, enquanto uma viatura policial seguia logo atrás.

Helena olhou pelo retrovisor e franziu a testa.

— Droga... Eles não deveriam ter vindo. — Sua voz carregava uma mistura de frustração e preocupação.

Augusto deu de ombros, mantendo a calma.

— É melhor assim, Helena. Não sabemos o que vamos encontrar lá, pode ser uma armadilha, é sempre bom ter reforços. Chegando lá, converso com eles. Vou pedir que fiquem afastados.

Helena hesitou por um momento antes de concordar com um breve aceno de cabeça.

— Certo... Mas precisamos agir rápido. Não quero assustar quem quer que esteja lá, ou o que quer que ele esteja tentando me mostrar.

O silêncio voltou a reinar, interrompido apenas pelo som do motor e o vento que passava pelas janelas levemente abertas. Helena sentia um peso crescente no peito, uma sensação de que estava à beira de descobrir algo crucial, mas também potencialmente devastador.

Finalmente, as coordenadas levaram a uma área completamente deserta. Helena diminuiu a velocidade ao perceber o contorno de uma única construção no meio do nada. Um grande armazém velho e desgastado pelo tempo, sua estrutura metálica corroída e coberta por grafites desbotados. Não havia postes de luz por perto, apenas a escuridão, iluminada momentaneamente pelos faróis do carro.

— É aqui. Só pode ser aqui. — Helena murmurou, seus olhos fixos na construção. Ela sentiu um calafrio, como se algo no armazém cutucasse uma memória enterrada. — Esse lugar... Me parece familiar. — Disse, mais para si mesma do que para Augusto.

Augusto examinou o local, observando as janelas quebradas e as portas de metal parcialmente abertas.

— Vamos com cuidado. — Ele se virou para a viatura que estacionava alguns metros atrás. — Vou pedir para eles ficarem em alerta, mas afastados. Se não sairmos em 30 minutos, eles entram.

Helena concordou enquanto manobrava o carro para que os faróis iluminassem a porta de entrada do galpão. O feixe de luz revelou a ferrugem e as marcas de abandono, mas também deixou à mostra pegadas recentes na poeira que cobria o chão em frente à entrada.

— Parece que não estamos sozinhos... — murmurou Augusto, apontando para as marcas no chão.

— Melhor assim. — Helena saiu do carro, sua respiração condensando no ar frio da noite. Ela pegou sua lanterna e ajustou o coldre da arma em sua cintura. Augusto fez o mesmo, enquanto dava instruções rápidas aos policiais da viatura.

— Lembrem-se: alerta máximo. Não entrem até eu avisar, a menos que algo pareça errado. — Ele se virou para Helena. — Pronta?

Ela respirou fundo, assentindo.

— Vamos descobrir o que ele quer que vejamos.

Juntos, caminharam até a entrada do galpão. A ferrugem da porta rangia suavemente com o vento, criando um som que parecia ecoar na vastidão silenciosa ao redor. Helena ajustou a lanterna, iluminando o interior sombrio enquanto seu coração batia rápido. O galpão parecia vazio, mas o ar estava pesado, como se a história ali guardada esperasse para ser desenterrada.

A luz fraca das lanternas tremulava contra as paredes desbotadas do armazém, revelando antigos caixotes de madeira empilhados nas extremidades. As teias de aranha brilhavam como redes prateadas, e o chão de cimento rachado exalava um odor úmido, quase sufocante. Cada passo ecoava na vastidão do espaço, um lembrete inquietante de quão isolados estavam ali.

Helena avançava devagar, os olhos atentos a cada sombra, cada movimento. O silêncio era quebrado apenas pelo ranger ocasional de uma viga velha ou pelo estalo de madeira sob os pés. A tensão era quase palpável, um nó apertado em sua garganta.

— Alguma coisa não está certa aqui... — murmurou Helena, mais para si do que para Augusto.

Ele caminhava à frente, segurando sua lanterna em uma mão e a arma na outra. Parou subitamente, levantando o braço para sinalizar que havia encontrado algo.

— Aqui — disse, em um tom grave, apontando para o chão.

Helena se aproximou, iluminando o local que ele indicava. Sob uma fina camada de poeira, algo metálico reluzia fracamente. Era uma escotilha, quase invisível no ambiente decadente. O tipo de coisa que passaria despercebida para qualquer um que não estivesse procurando ativamente.

— Parece que alguém queria esconder isso. — Augusto comentou, examinando a tampa com cuidado.

Com esforço, eles forçaram a escotilha, que se abriu com um rangido agudo, revelando um lance de escadas de metal que descia para uma escuridão ainda mais densa. O cheiro de mofo e algo mais, talvez óleo ou ferrugem, escapava do buraco como um hálito rançoso.

— Vamos descer. — Helena disse, tentando esconder o nervosismo.

A descida foi lenta e tensa. Cada degrau parecia vibrar sob seus pés, amplificando o som no vazio. Quando chegaram ao fundo, a lanterna revelou um corredor estreito, com paredes de tijolos antigos cobertos de musgo. O ar era abafado, denso, como se estivesse preso ali há décadas. No final do corredor, uma porta de ferro se erguia, sua fechadura enferrujada parecendo um aviso de que aquela entrada deveria permanecer selada.

— Só pode ser aqui. — Augusto murmurou.

Helena empurrou a porta com força, e ela se abriu com um estalo baixo que ecoou pelo espaço vazio. A lanterna revelou uma pequena sala surpreendentemente limpa e organizada, destoando completamente do restante do armazém abandonado. No centro, uma mesa envelhecida ocupava a maior parte do espaço, coberta por arquivos, recortes de jornais, fotos antigas e documentos espalhados. Uma cadeira estava posicionada meticulosamente diante da mesa, como se alguém tivesse acabado de sair dali, deixando o lugar pronto para ser descoberto.

— Isso parece... um arquivo pessoal. — Helena murmurou, a voz impregnada de inquietação.

Ela puxou um par de luvas de látex do bolso e as vestiu, movendo-se com cuidado até a mesa. Seus dedos, agora protegidos, folheavam os papéis um a um, enquanto seu coração batia acelerado com cada nova descoberta. Os documentos, envelhecidos e cuidadosamente organizados, traziam o nome de figuras que ela reconhecia imediatamente. Havia contratos, relatórios e registros antigos ligados às empresas de Carlos Brandão e Raquel Neves. As evidências não deixavam dúvidas: o vigilante havia estudado profundamente as vidas e negócios dessas pessoas.

Entre os papéis, Helena encontrou uma coleção de recortes de jornais antigos, detalhando o crescimento meteórico da RN Logística, empresa de Raquel Neves. Havia fotos dela em eventos corporativos e imagens capturadas à distância, como se alguém a estivesse seguindo e documentando seus passos. Carlos Brandão também estava representado ali, com fotos que iam desde sua juventude até registros mais recentes. Era um dossiê minucioso, um testemunho de uma vigilância obsessiva.

Helena puxou um jornal em particular, dobrado com cuidado. A manchete imediatamente chamou sua atenção: "Explosão de gás mata família em tragédia suburbana". Ela sentiu um frio percorrer sua espinha. Era a história de Filipe Ferreira, o homem que se tornara o principal suspeito dos assassinatos recentes. Ela segurou o jornal, o olhar fixo na página, antes de mostrá-lo a Augusto.

— Não pode haver dúvidas, Augusto. É ele. — Helena declarou, a voz carregada de certeza.

Ela continuou examinando a sala, os olhos vasculhando cada canto. Na parede, um único documento estava preso de forma isolada, separado dos demais. Era uma escritura de compra de um terreno, assinada em nome da RN Logística. O endereço indicado parecia ser exatamente o do galpão onde estavam.

— Então, este lugar pertenceu à empresa da Raquel? — Helena comentou, aproximando-se da parede. — Por que ele destacou isso? Por que esse documento está aqui, separado dos outros?

Seus olhos caíram sobre a data na escritura de muitos anos atrás. A revelação a atingiu como um soco. O galpão tinha uma conexão profunda com o passado, algo que o Vigilante claramente queria que ela descobrisse. Sentiu um calafrio percorrer sua espinha ao perceber que havia mais naquele lugar do que imaginava.

— É isso que ele quer me mostrar. Há algo com este galpão... Mas o quê? — murmurou para si mesma, enquanto tirava uma foto do documento com o celular, sem removê-lo da parede.

— Helena! — Augusto chamou, a voz baixa, mas urgente. — Você precisa ver isso.

Helena se virou rapidamente, iluminando a mesa onde Augusto examinava algo com atenção. Entre os papéis, ele segurava uma fotografia antiga, amarelada pelo tempo. A imagem mostrava o galpão em um estado completamente diferente: novo, recém-construído. Na frente da construção, três pessoas posavam para a câmera.

— Essa mulher... Não parece a Raquel? — Augusto perguntou, aproximando a foto à luz da lanterna.

Helena inclinou-se, analisando a imagem com cuidado. Apesar da baixa qualidade e da idade da foto, ela reconheceu o rosto mais jovem de Raquel Neves. Ao lado dela, havia dois homens. Um deles era inconfundível.

— Esse aqui no meio... É Carlos Brandão. É parecido com a foto que encontrei dele mais novo. — Helena confirmou, apontando para o homem ao centro.

— E o terceiro? — Augusto questionou, estreitando os olhos. — Quem será ele?

Helena sentiu o peso da suspeita crescendo em sua mente.

— Meu Deus... Ele está atrás de todos que estavam nessa foto.

O terceiro homem era uma peça desconhecida, mas a presença dele na foto parecia ser crucial. O Vigilante havia deixado aquela imagem de propósito, mas não havia outros documentos que pudessem identificar o homem misterioso. Ela folheou os papéis restantes na mesa, revirando tudo com rapidez, mas não encontrou nada além do que já haviam visto.

— Precisamos descobrir quem é ele, ... — Helena começou, mas sua voz falhou. — Ele está correndo risco.

Ela tirou uma foto com o seu celular tentando enviar para Mauro, mais estava sem nenhum sinal ali.

O silêncio foi interrompido por um sussurro suave vindo da escuridão do corredor.

Helena segurou a respiração por um instante, tentando distinguir a origem do sussurro. O som parecia vir de todas as direções, como se a própria escuridão estivesse conspirando contra eles. Ela fez um sinal silencioso para Augusto, indicando que ele deveria se preparar. A adrenalina pulsava em suas veias, e os minutos que se seguiram pareceram eternos.

— Quem está aí? — Helena chamou, sua voz firme, mas baixa, ecoando no corredor apertado.

Nenhuma resposta.

O coração dela batia com tanta força que parecia preencher o silêncio ao redor. A lanterna tremia levemente em sua mão, enquanto ela tentava controlar sua ansiedade crescente. Sabia que o Vigilante poderia estar ali, tão perto, esperando para atacar ou jogar mais uma peça de seu jogo macabro.

Augusto deu alguns passos à frente, cauteloso. De repente, um som forte de metal arranhando o chão quebrou o silêncio. Os dois se viraram em direção à escada de onde haviam vindo, prontos para qualquer coisa.

— Temos que sair daqui — ele sussurrou, já se movendo em direção à porta.

Antes que pudessem decidir o próximo passo, algo aconteceu. Um brilho fraco, vindo do fundo da sala, chamou a atenção de Helena. Ela voltou-se para a mesa com os arquivos e percebeu que, em meio aos papéis espalhados, havia um pequeno dispositivo eletrônico, quase imperceptível sob os recortes.

Um microfone. E ele estava ligado.

Sem hesitar, Helena pegou o aparelho e o desligou, mas era tarde demais. O Vigilante já sabia que estavam ali.

— Precisamos sair daqui agora.

— Talvez ele ainda esteja aqui — Augusto replicou, tentando manter a calma.

Ao saírem apressados da sala, o corredor à frente parecia ainda mais apertado e opressor. Mas quando chegaram à base da escada, a visão que os aguardava os fez parar. A escotilha que antes estava aberta, agora estava fechada, trancando-os ali embaixo.

Augusto tentou forçar a abertura com as mãos, mas a tampa de metal estava selada firmemente, como se alguém tivesse prendido do lado de fora.

— Estamos presos — ele disse, olhando para Helena, sua expressão carregada de frustração.

— Isso faz parte do jogo dele. Ele está nos testando — Helena respondeu, a voz tensa. — Precisamos encontrar outra saída.

Antes que pudessem pensar em um plano, o som de passos lentos e deliberados ecoou novamente pelo corredor. Desta vez, Helena percebeu que era algo muito próximo. A lanterna iluminou a parede à frente, mas a escuridão parecia se fechar ao redor deles, tornando o ambiente claustrofóbico.

Então, do fundo da sala onde estavam minutos atrás, um som de explosão preencheu o ar:

Helena virou-se instintivamente, levantando a arma em uma mão, enquanto segurava a lanterna na outra. Augusto já havia sacado a dele, seu olhar fixo na escuridão era como se esperasse que o perigo emergisse a qualquer instante.

A respiração pesada de Helena era tudo o que ela conseguia ouvir naquele momento.

Um silêncio denso tomou conta do espaço mais uma vez. Os dois detetives se moveram lentamente de volta para o interior da sala, agora iluminada apenas pelas lanternas. Helena verificou cada canto, cada sombra, mas não havia ninguém à vista.

— Ele não está aqui — Augusto sussurrou, confuso.

Antes que ele pudesse terminar a frase, um som metálico soou do teto, como o ruído de uma máquina se ativando. De repente, uma das luzes do armazém piscou por um breve segundo, e então, todas as câmeras que haviam estado ocultas nos cantos mais sombrios da sala se acenderam ao mesmo tempo. Pequenos pontos vermelhos, registrando cada movimento deles.

— Câmeras... — Helena murmurou, horrorizada. — Ele estava nos observando o tempo todo.

— Não só câmeras como também caixas de som. — Acrescente o Augusto apontando para um dos cantos da sala, uma caixa pequena preta presa na parte superior da parede.

Aquela sala, com seu conteúdo escondido e bem preservado, não era apenas uma cápsula de segredos. Era uma armadilha cuidadosamente projetada. O Vigilante não queria apenas que encontrassem as informações sobre as vítimas. Ele queria que eles soubessem que estavam sendo observados, que haviam entrado em seu território. E mais do que isso, queria que percebessem que estavam sempre à mercê dele.

— Temos que sair daqui, encontrar outra saída. — Helena olhou ao redor.

A luz da lanterna tremulava nas mãos de Helena enquanto ela inspecionava as paredes desesperadamente. A opressiva escuridão parecia engolir tudo ao redor, mas ela não podia se dar ao luxo de parar. Seus olhos captaram algo: nos fundos da sala, quase oculto por uma fileira de caixotes envelhecidos e cobertos de poeira, havia uma abertura. Pequena, estreita, mas claramente uma saída. A passagem estava quase fundida às sombras, como se esperasse ser descoberta por puro acaso.

— Por aqui — disse Helena, a voz firme, apesar da aceleração de seu coração.

Augusto, ao seu lado, não perdeu tempo. Ele avançou com determinação, movendo os caixotes que bloqueavam parcialmente o caminho. A passagem era apertada, suas paredes estreitas e úmidas tornavam cada passo desconfortável. Os ruídos abafados do mundo exterior pareciam distantes, enquanto o silêncio no corredor se tornava quase insuportável. Helena sentia a adrenalina pulsar em suas veias, seus pensamentos saltando entre o alívio iminente e o peso da responsabilidade que a aguardava do lado de fora.

Depois de minutos que pareceram uma eternidade, eles emergiram no exterior, nos fundos do armazém. O ar fresco da noite bateu em seus rostos, proporcionando um breve instante de alívio. Helena inspirou profundamente, mas o peso nos ombros não diminuía. O Vigilante ainda estava à frente deles, guiando aquele jogo.

Sem perder tempo, ela puxou o celular do bolso e discou com dedos ágeis.

— Aqui é a detetive Prado — disse, sua voz cortando o ar da noite. — Preciso de reforços e da equipe forense imediatamente. Estou enviando a localização.

Ela encerrou a ligação, mas o celular permaneceu firme em sua mão, como se fosse um escudo contra a frustração crescente. Helena e Augusto se encostaram à viatura que aguardava do lado de fora, os olhos atentos ao redor enquanto esperavam a chegada da equipe. Apesar do aparente controle, uma sensação de impotência os envolvia como uma neblina.

Quando a equipe forense chegou, Helena se dirigiu a eles: — Vasculhem cada centímetro do local. Quero tudo: documentos, dispositivos, câmeras, qualquer coisa que possa nos levar ao Vigilante. E verifiquem com urgência com o Mauro se esses dispositivos estão conectados à internet. Isso pode nos levar até o vigilante. Quero análises detalhadas de tudo.

Augusto direciona os oficiais que chegaram para vasculhar o perímetro, e garantir a segurança de todos.

De repente, Helena lembrou-se da foto que havia encontrado. A imagem do homem desconhecido ao lado de Raquel Neves e Carlos Brandão voltou com força à sua mente. Ele seria a próxima vítima. A certeza cortou sua consciência como uma lâmina. Em meio à tensão, ela havia se distraído da urgência daquele detalhe crucial.

Com o celular ainda em mãos, abriu a galeria onde havia registrado a imagem. A foto estava escura, iluminada apenas pela luz irregular da lanterna, mas era tudo que tinham. Ela enviou a imagem imediatamente para Mauro e Lourdes, acompanhada de uma mensagem direta. Sem esperar resposta, ligou para ambos em conferência.

— Mauro, Lourdes, preciso de vocês. — A voz de Helena era apressada, quase suplicante. — Essa foto que enviei... preciso saber quem é o homem à esquerda. É uma imagem antiga, de 15 anos atrás. Tudo indica que ele será a próxima vítima do Vigilante. É urgente!

A voz de Lourdes, ainda rouca de sono, soou pelo outro lado da linha.

— Entendido, Helena. Vou começar a verificar. Mas essa foto... você consegue uma versão mais clara? Seria mais fácil.

Helena franziu a testa e olhou para Augusto.

— Augusto, a equipe forense já deve estar no armazém. Consegue pegar uma imagem mais nítida daquela foto antiga? Precisamos enviá-la para Mauro e Lourdes. É questão de vida ou morte.

Augusto assentiu imediatamente, já acionando o rádio para coordenar com a equipe.

Enquanto isso, Helena permaneceu imóvel, encarando o vazio à sua frente.

Augusto voltou e entregou o celular, confirmando que havia enviado a foto mais clara.

— Está feito. Agora é com eles — disse ele, cruzando os braços enquanto olhava para Helena.

Os dois se encararam, compartilhando um silêncio carregado de frustração e impotência. O sentimento de estar perto da solução, mas ainda tão distante, os consumia.

— Estamos presos no jogo dele. — A voz de Helena soou amarga. — Ele sabe o que estamos fazendo, nos deixa chegar até aqui, mas sempre mantém o controle.

— Sabemos quem ele é. Temos a foto da próxima vítima. E, mesmo assim... — Augusto parou, balançando a cabeça. — Estamos um passo atrás.

Helena respirou fundo, sentindo o peso das palavras. O tempo era o maior inimigo agora, e ela sabia que o Vigilante não esperaria por eles. Tudo estava nas mãos de sua equipe e do fio de esperança que ainda restava.

9.
A Sombra entre Nós

O armazém vibrava com a atividade frenética da equipe forense. Estalos de cliques de câmeras preenchiam o ar, misturando-se ao som abafado de passos e ao murmúrio de instruções técnicas. A cena era quase coreografada, uma dança meticulosa entre homens e mulheres tentando desvendar os mistérios daquele caso.

Helena, no entanto, estava alheia a tudo isso. Sentada em seu carro com a porta aberta, as pernas pendendo para fora, ela apoiava a cabeça nos braços e fitava o vazio. Cada peça do quebra-cabeça girava em sua mente, repetindo-se em ciclos incessantes: documentos incompletos, recortes e aquela foto.
Os pensamentos foram interrompidos quando Augusto se aproximou, movendo-se devagar, seu rosto não escondia a preocupação.
— Helena, você precisa descansar. Já deu por hoje. Agora é com eles. A equipe vai levar horas para coletar tudo isso. Vá para casa, tente dormir.

Ela levantou os olhos para ele, mas balançou a cabeça, teimosa.
— Não posso, Augusto. Lourdes e Mauro ainda estão analisando aquela foto. Preciso estar aqui caso eles descubram algo importante. Não vou sair agora. Mas você devia ir. Alguém precisa estar bem amanhã.

— Certo, mas por favor, não seja imprudente. Me avise se precisar de qualquer coisa.

— Você tem como voltar? — perguntou ela.

— Vou pedir para uma viatura me levar.

Ele assentiu em despedida e foi embora, deixando-a sozinha novamente. O tempo parecia rastejar. Helena permaneceu ali, os olhos fixos no trabalho técnico que se desenrolava à frente. Mas, por dentro, sua mente não parava. O peso da incerteza crescia com cada minuto que passava.

Seu telefone tocou abruptamente. Helena o pegou apressada, quase deixando-o cair, na tela mostra a ligação de Lourdes e o horário já eram 3:00h da manhã.
— Lourdes? — atendeu, com voz ansiosa.

Do outro lado da linha, a voz de Lourdes estava carregada de urgência.
— Sou eu. Já descobri quem é o terceiro homem na foto.

Helena levanta num salto, o coração batendo forte.
— Quem é?

— Você não deve ter reconhecido pois ele estava barbudo, cabelo comprido, bem mais jovem na foto. Mas não há dúvida. Cruzamos os dados com imagens da época, e tudo bate é o Paulo Simão — disse Lourdes, com um tom sombrio. — O marido da Raquel Neves.

Por um momento, Helena ficou sem fala, tentando processar.
— Paulo? Como não percebi? — Sua mente voltou aos encontros recentes com ele, e uma onda de culpa a atingiu.

Voltando ao seu centro, Helena continua
— Lourdes preciso que emita um alerta urgente para a casa do Paulo, mante uma viatura para lá agora . Ele corre perigo. eu estou indo para lá

Ela subiu no carro e girou a chave com um movimento brusco, o motor rugindo na madrugada. Enquanto dirigia pelas ruas desertas, pegou o telefone e discou para Paulo, com o coração acelerado.

O som do toque interminável no outro lado da linha era uma tortura.
— Atende, Paulo, atende! — murmurava, alternando o olhar entre a estrada e o visor.

O relógio do painel marcava 3:13. Uma sensação de urgência tomou conta dela.
— São quase 3:15h, não, não pode ser, tem que dar tempo.

Finalmente, na última tentativa, Paulo atendeu. Sua voz estava rouca, carregada de sono.
— Alô?

— Paulo, aqui é Helena Prado! — disse ela rapidamente, a voz agitada. — Você está em perigo. Se proteja! Estou a caminho da sua casa.

— Perigo? Mas o que... — começou ele, mas foi interrompido.

Helena ouviu um som abafado, seguido de um gemido fraco e, depois, silêncio.
— Paulo? Paulo, você está aí? — gritou ela, mas não houve resposta.

O relógio no painel piscava 3:15. O pânico tomou conta de Helena. Ele já está lá.

Pisando fundo no acelerador, ela atravessou as ruas como uma bala, com o motor rugindo no silêncio da madrugada. Quando chegou à casa de Paulo, uma viatura já estava estacionada ali. Helena freou bruscamente, quase invadindo a calçada, e saiu do carro correndo, deixando a porta escancarada.

A porta da casa estava aberta, e Helena entrou com passos rápidos. Na sala de estar estão dois oficiais e sentado no sofá o filho de Paulo e Raquel estava sentado de cabeça abaixada, encolhido. Helena trocou um olhar com o policial, que fez um sinal negativo com a cabeça e depois indicou o segundo andar.

Subindo as escadas em um rompante, Helena chegou ao quarto de Paulo. Assim que entrou, parou, o coração pesado como uma pedra.

No chão, o celular de Paulo piscava, ainda conectado à última ligação com ela. Ao lado do aparelho, o corpo de Paulo imóvel, o rosto pálido e o olhar vazio.

Perto de sua mão, um relógio de bolso , parado, os ponteiros marcando exatamente 3:15.

O quarto parecia sugar todo o ar ao redor. Helena fixava o olhar no corpo de Paulo estirado no chão, imóvel, com o relógio de bolso ao lado marcando aquele maldito horário: 3:15. Um turbilhão de emoções a consumia. Raiva. Frustração. Culpa. Estivera tão perto, faltaram apenas minutos para salvar Paulo. Se tivesse chegado antes, talvez ele ainda estivesse vivo. Talvez o Vigilante tivesse sido capturado ali, naquela casa. Mas nada disso importava agora. O Vigilante escapara mais uma vez, deixando para trás não só uma vítima, mas também a sensação amarga de impotência que corroía Helena por dentro.

Ali, sozinha, encarando a cena, sentiu algo diferente. Algo visceral, quase incontrolável. Durante anos, dedicara sua carreira a buscar justiça, mas desta vez era diferente. A perseguição ao Vigilante havia se tornado pessoal. Pela primeira vez, sentia uma raiva tão intensa que alimentava uma determinação crua. Isso acaba aqui. Não havia espaço para erros, não mais.

Depois de alguns minutos em silêncio, Helena respirou fundo, recobrando a postura. Guardou a arma no coldre e desceu as escadas com passos firmes. Na sala, Pedro, o filho de Paulo, estava sentado no sofá, encolhido, os olhos arregalados e confusos. Ele não dizia nada, apenas olhava ao redor, perdido. Helena desviou o olhar por um instante, buscando um dos oficiais.

— Venha comigo, lá fora — disse a um deles, que assentiu e a seguiu até o jardim.

No ar frio da madrugada, Helena se virou para o policial.
— Me diga exatamente o que aconteceu aqui.

O oficial limpou a garganta antes de começar.
— Chegamos e tocamos a campainha duas, três vezes, mas ninguém atendeu. Então, decidimos arrombar a porta. Assim que entramos, o garoto desceu correndo as escadas, assustado. Parecia não ter ideia do que estava acontecendo. Pedi que ele ficasse na sala com o meu colega enquanto vistoriava a casa. Ele chamava o pai da sala.

Ele fez uma pausa, visivelmente desconfortável.

— Subi sozinho e encontrei Paulo no quarto. Já estava sem vida. A janela do quarto estava aberta, mas a casa vazia. Quem fez isso já tinha fugido.

Helena fechou os olhos por um momento, processando tudo.
— E o nome do menino? — perguntou, controlando a voz.

— Acho que é Pedro — respondeu o oficial.

Helena assentiu, olhando de volta para a casa.
— Chame toda a equipe da perícia. Precisamos de uma análise completa da cena. Comunique o homicídio oficialmente. E faça isso aqui fora, no jardim. Preciso falar com o garoto.

— Sim, senhora — confirmou o oficial, afastando-se para cumprir as ordens.

Helena respirou fundo antes de voltar à sala. Pedro ainda estava ali, quieto, os olhos fixos no chão. Ela se aproximou devagar, sentando-se ao lado dele.

— Como você se chama? — perguntou Helena.

— Pedro.

— Oi, Pedro. Meu nome é Helena Prado — disse com a voz mais gentil que conseguiu.

O garoto a olhou com cautela.
— Oi...

— Sou amiga do seu pai — continuou ela, com um pequeno sorriso.

Pedro relaxou um pouco, mas seu olhar continuava ansioso.

— Pedro, você tem algum parente? Alguém que eu possa ligar?

O menino franziu a testa, claramente confuso.
— Por quê? O que aconteceu com o meu pai?

Helena hesitou por um momento. Não podia mentir, mas também não podia dizer a verdade de imediato.
— Ainda não sei ao certo, mas a equipe médica está vindo. Enquanto isso, seria bom ligar para alguém da sua família, para que fiquem com você, tudo bem?

Pedro assentiu devagar.
— Meu tio. Ele mora no final da rua.

Helena sentiu uma pontada aguda no peito, como se uma memória reprimida tivesse perfurado voltado. A cena diante dela era dolorosamente familiar. Filipe Ferreira. Ele também era só um garoto quando o mundo desabou sobre ele, deixando-o sem família, sem chão, e sem respostas. E ela, apesar de todo o esforço, sentia que havia falhado com ele. Não estivera lá o suficiente. Não entendera a profundidade da dor que ele carregava.

Agora, olhando para Pedro, tão pequeno, tão frágil e perdido, Helena sentiu um redemoinho de emoções. Medo, compaixão, culpa e, acima de tudo, uma determinação feroz. Não desta vez. Não com ele. Ela não podia permitir que Pedro seguisse o mesmo caminho de dor e solidão que Filipe enfrentou. Algo dentro dela, uma força que há tempos não sentia, queimava como fogo vivo.

Helena se abaixou, ficando na altura de Pedro, os olhos dela firmes, mas cheios de uma ternura que só alguém que já conheceu a perda poderia oferecer.

— Pedro... — começou ela, sua voz suave, mas carregada de emoção. — Eu estou aqui com você.

O garoto, ainda assustado, olhou para ela como se buscasse uma âncora em meio ao caos. Helena segurou as mãos trêmulas dele, transmitindo uma promessa que não precisava de palavras.

— Quero que saiba uma coisa... — continuou ela, sua voz ficando mais firme, quase um juramento. — Eu vou encontrar quem fez mal ao seu pai, isso eu prometo, Pedro. Eu não vou descansar até que a justiça seja feita.

E, naquele momento, Helena sentiu algo dentro de si mudar. Aquela não era apenas mais uma investigação. Era um compromisso. Uma dívida com Filipe. Uma promessa a Pedro. Uma batalha pessoal que ela estava determinada a vencer, não importa o custo.

O garoto olhou para ela por um momento com os olhos brilhando com uma mistura de medo e esperança.

Helena saiu da casa e discou o número que Pedro havia lhe dado. Quando o tio atendeu, ela se identificou e disse que viesse com urgência a casa de Paulo sem dar muitas explicações. Quando ele chegou, Helena o esperava no jardim. Explicou toda a situação com calma, mas direta.

— Seu irmão, Paulo, foi assassinado esta noite. Pedro ainda não sabe disso. Eu preciso que o senhor venha até aqui agora para levá-lo para sua casa. Ele precisa de um ambiente acolhedor e familiar neste momento.

O homem parecia chocado, fazendo várias perguntas de forma apressada.

— Como isso aconteceu? Quando? Por quê?

Helena o interrompeu, firme.
— Agora, o mais importante é o Pedro. Venha até aqui, leve-o
para casa e fale com ele com toda a calma. Ele precisa de você
agora. Nós vamos mantê-lo informado. Mas, por enquanto, leve o
Pedro para casa e o proteja.

O homem concordou, ainda abalado.

O tio entrou na sala, onde Pedro ainda estava sentado, e o
abraçou forte, envolvendo-o em um gesto de segurança que
Helena sabia que o garoto precisava. Sem questionar, o homem
levou Pedro consigo.

Helena observou os dois se afastarem pela rua. E, em seu íntimo,
jurou que aquele ciclo de dor e vingança terminaria ali, custasse
o que custasse.

10.
Último Relógio

O sol ainda mal havia despontado quando Helena atravessou as portas da delegacia. Seus passos ecoaram pelos corredores quase vazios, refletindo a exaustão que carregava no corpo e na alma. Não havia dormido. Como poderia? A sequência de eventos da noite anterior parecia um turbilhão em sua mente: o jogo psicológico do Vigilante no armazém, a corrida frenética para salvar Paulo, e, por fim, a promessa feita ao garoto Pedro, gravada como um juramento. Cada pensamento batia em sua cabeça como marteladas, inflamando uma determinação tão intensa que parecia queimar por dentro.

O ambiente estava silencioso. Apenas o som esparso de um teclado distante e o ocasional toque abafado de um telefone quebravam a tranquilidade das primeiras horas. Ramos, no entanto, já estava em seu posto. Como sempre. Ele não precisava dizer uma palavra para que Helena soubesse que algo estava errado. Seu semblante carregado e o aceno direto para sua sala diziam tudo.

Respirando fundo, Helena entrou na sala. Ramos fechou a porta atrás dela com um movimento controlado, quase calculado, antes de cruzar os braços. Sua postura era rígida, e seu olhar, frio e decidido.

— Helena, o que diabos você tinha na cabeça? — ele começou sem rodeios, sua voz grave ecoando como um trovão na pequena sala.

Helena abriu a boca, mas não teve tempo de falar. Ramos ergueu a mão, silenciando-a.

— Uma operação não autorizada? — continuou, sua voz mais firme agora. — Você colocou sua vida e a de Augusto em risco em algo que claramente tinha potencial de ser uma armadilha.

Ela tentou novamente, mas Ramos não estava pronto para ouvi-la. Ele avançou um passo, os olhos brilhando de preocupação e frustração.

— E não foi só isso. — Sua voz agora era mais grave, com uma mistura de decepção e preocupação. — Você continuou com a operação. Foi até a casa do Paulo Simão. Sim, ao menos chamou uma viatura, mas isso não muda o fato de que você está completamente fora de controle com esse caso.

Helena sentiu a pressão subir, como uma panela prestes a explodir. Endireitou-se, cruzando os braços.
— Eu sabia que era perigoso, Ramos. Sabia exatamente o que estava fazendo. Mas não podia ignorar a chance de descobrir o que ele estava tentando me dizer. Cada detalhe me coloca mais perto dele.

Ramos balançou a cabeça, os olhos semicerrados.
— Helena, eu já tinha te avisado. Não era para você se arriscar assim de novo. Você não vê? Esse caso está consumindo você. Não é a primeira vez que cruza os limites.

O sangue de Helena fervia agora. Sua voz saiu mais alta do que pretendia.

— Eu podia ter salvado o Paulo! Eu estava tão perto!

As palavras de Ramos vieram como um tapa, frias e implacáveis.
— Mas você não salvou, Helena. Ele está morto.

Helena recuou como se tivesse levado um golpe físico. Ramos não parou.
— E agora? O que acha que vai acontecer se continuar nessa espiral? Mais mortos? Mais riscos desnecessários?

Ela abriu a boca, mas ele a interrompeu novamente.
— Eu não posso deixar isso continuar. Você está perdendo o juízo, Helena. Esse caso já tirou mais de você do que deveria.

— Ramos... — começou ela, mas ele a interrompeu outra vez.

— Não. Eu estou te tirando do caso.

A sala mergulhou em um silêncio denso. As palavras pareciam flutuar no ar, esmagadoras. Helena piscou, tentando processar o que acabara de ouvir.
— O quê?

Ramos assentiu, a expressão dura como pedra.
— Quero que tire umas semanas de férias. Esse caso agora será conduzido por Augusto. E isso não é um pedido, é uma ordem.

A onda de raiva que cresceu dentro de Helena foi quase incontrolável. Ela deu um passo à frente, a voz tremendo de emoção.
— Ramos, você não pode fazer isso! Eu estou tão perto! Tudo o que descobri... cada pista que segui... eu vou pegá-lo!

Ele suspirou, mas sua expressão permaneceu inabalável.

— Já está decidido. — Ramos falou com um tom que não deixava espaço para discussão. — Você precisa de tempo. Precisa de distância. Isso não é mais saudável, Helena.

Ela tentou protestar, mas ele ergueu a mão, encerrando qualquer tentativa de resposta.
— Sem mais debates. Tire essas semanas. Vá para casa, descanse. O caso segue sem você.

Helena ficou ali, imóvel, o peito apertado pela impotência. A ideia de largar o caso, de sair de cena quando estava tão perto, parecia insuportável. Quando finalmente saiu da sala, mal conseguia respirar.

Os corredores da delegacia pareciam mais longos e silenciosos do que nunca. Cada passo parecia mais pesado, cada batida de seu coração mais alta. E, embora as palavras de Ramos ainda ecoassem em sua mente, apenas uma certeza surgia em meio ao caos: nada a impediria de ir atrás do Vigilante.

Ao dobrar uma esquina, Helena deu de cara com Lourdes, que carregava uma pilha de arquivos junto ao peito. A expressão da colega era apática, os olhos baixos refletindo um peso de culpa.

— Helena... — Lourdes começou, hesitante. — Eu sinto muito por não ter identificado o Paulo na foto a tempo. Se eu tivesse percebido antes, talvez vocês pudessem tê-lo salvado.

A sinceridade na voz de Lourdes era cortante, mas Helena respirou fundo, contendo a dor que aquelas palavras traziam. Ela sabia que não era culpa de Lourdes. O destino daquela noite já estava selado antes mesmo de chegarem lá.

— Lourdes, você foi excelente. Sempre é. — A voz de Helena era firme, mas com um toque de gentileza. — Obrigada pela prontidão de sempre.

Lourdes levantou os olhos, mas antes que pudesse dizer mais alguma coisa, Helena olhou ao redor, certificando-se de que estavam sozinhas.
— Aliás, preciso falar com você. Pode vir até minha mesa?

Lourdes assentiu de imediato. Mesmo sem entender, sabia que era algo importante. Ajustou os papéis nos braços e seguiu Helena até um canto discreto da sala. Assim que se sentaram, Helena se inclinou para frente, cruzando as mãos sobre a mesa.

— Ramos me afastou do caso.

Lourdes piscou, incrédula, e a pilha de arquivos quase caiu de suas mãos.
— O quê? Como assim? Agora que você está tão perto?

Helena engoliu em seco, a raiva contida em seu peito ameaçando transbordar.
— Vou ter que me afastar da delegacia por um tempo, mas não posso largar isso, Lourdes. Eu preciso resolver esse caso, encontrar o Filipe Ferreira. — Sua voz tremeu por um momento, mas ela se recompôs. — Eu sinto que tenho culpa no que ele se tornou. Algo aconteceu com ele naquele caso de 15 anos atrás, algo que eu deixei passar. E agora, ele está deixando pistas... está tentando me dizer alguma coisa.

Lourdes inclinou-se também, os olhos fixos nos de Helena.
— O que quer que eu faça?

Helena respirou fundo, sentindo a confiança crescer.

— Ontem, no armazém, havia um documento preso na parede. Não estava com os outros; parecia ter sido colocado ali de propósito. Era uma escritura antiga, de compra daquele terreno, a empresa da Raquel era a compradora. Preciso que você descubra o que aquele armazém tem a ver com Filipe Ferreira. O porque era tão importante para ele, aponto dele deixar em destaque.

Lourdes assentiu lentamente, absorvendo cada palavra.
— Vou analisar tudo. Cada detalhe. E pode me ligar a qualquer hora, Helena. Estou com você.

Helena soltou um suspiro de alívio, tocando o ombro da colega.
— Eu sabia que podia contar com você.

As duas se despediram, e Helena começou a arrumar suas coisas. Cada movimento parecia mais pesado, como se estivesse deixando uma parte de si para trás... Tudo parecia ter um peso simbólico naquele momento. Ela estava prestes a sair quando uma voz familiar a interrompeu.

— Já vai sair?

Helena se virou e encontrou Augusto ao seu lado, com uma expressão preocupada. Ele parecia confuso, mas também atento.
— Quer que eu te acompanhe em algo?

Helena hesitou. O nó em sua garganta se apertou ainda mais.
— Ramos me tirou do caso.

Augusto franziu a testa, claramente surpreso. Antes que pudesse dizer qualquer coisa, Ramos surgiu no corredor, a postura rígida e o tom autoritário.

— Augusto, preciso falar com você. Agora.

A conversa foi interrompida de forma abrupta. Augusto olhou para Ramos, depois para Helena, ainda tentando entender.

— Não estou entendendo nada... Almoça comigo? Quero saber o que está acontecendo.

Helena assentiu, oferecendo um meio sorriso cansado.
Sem dizer mais nada, saiu da delegacia, sentindo o peso de cada passo.

Helena entrou em seu apartamento exausta. Cada parte do seu corpo clamava por descanso, mas sua mente seguia em alerta. A adrenalina da noite anterior ainda pulsava em suas veias: a tensão no armazém, o fracasso em salvar Paulo, e a promessa feita a Pedro.

Largou a bolsa no sofá, dirigindo-se automaticamente para o banheiro. Precisava de um banho quente, algo que lavasse não só o cansaço físico, mas também a dor emocional que carregava. Ligou o chuveiro, deixando a água escorrer, e entrou, sentindo o calor reconfortante envolver sua pele fria e tensa.

De olhos fechados, tentou se desconectar, mas as lembranças vinham como uma avalanche. A imagem de Pedro, com o rosto marcado pela dor e o vazio de quem perdera o pai, a assombrava. Ele estava sozinho agora, como Filipe Ferreira estivera um dia.

A água não conseguia apagar a dor. Helena sentiu os ombros tremerem e, pela primeira vez em muito tempo, deixou as lágrimas caírem livremente. Chorou copiosamente, permitindo-se desmoronar por alguns instantes. Mas logo as lágrimas deram lugar a uma sensação mais profunda, uma determinação feroz. Ela prometera a Pedro que encontraria o assassino de seu pai e, com ou sem o apoio da delegacia, ela cumpriria essa promessa.

Respirando fundo, desligou o chuveiro e enxugou-se rapidamente. Vestiu-se com roupas simples, mas confortáveis, e foi até a cozinha preparar um café forte. Precisava organizar os pensamentos. Sentou-se à mesa, o aroma do café preenchendo o ar, mas antes que pudesse tomar o primeiro gole, o telefone tocou.

O nome de Lourdes surgiu na tela, e Helena atendeu imediatamente.
— Alô?

— Helena? É a Lourdes.

O tom direto e urgente fez o coração de Helena acelerar.
— Oi, Lourdes. Conseguiu descobrir alguma coisa?

— Sim, já tenho a resposta do que você me pediu.

Helena segurou o fôlego.

— O terreno do armazém... — Lourdes fez uma breve pausa, como se precisasse se preparar para o que ia dizer. — Era onde aconteceu o incêndio que matou a família de Filipe Ferreira.

As palavras de Lourdes ecoaram como um trovão. Helena ficou paralisada, tentando processar a informação. Era uma conexão que ela não havia previsto, mas que fazia todo sentido.

— Helena? Está aí? — Lourdes chamou, a voz preocupada.

Helena respirou fundo, forçando-se a falar.
— Sim, Continue por favor.

— Depois do incêndio, o governo vendeu o terreno para a empresa de Raquel. Filipe era menor de idade na época, sem parentes próximos. O dinheiro da venda foi colocado em um fundo administrado pelo governo. Quando ele atingiu a maioridade, teve acesso a essa quantia.

Helena começou a sentir as peças se encaixando, mas algo ainda a incomodava.
— Então... aquele terreno era a casa dele. O lugar onde ele cresceu e onde perdeu tudo. Mas por que se vingar de Raquel? Ela comprou o terreno e ainda deixou uma boa quantia para o futuro dele.

Lourdes fez uma pausa antes de responder:
— Eu também me perguntei isso, mas encontrei algo estranho Quando pesquisei o histórico da empresa de Raquel, vi que, naquela época, ela estava em plena expansão. E surgiram denúncias de coação.

Helena franziu a testa.
— Coação?

— Sim. — Lourdes confirmou. — Foram feitas algumas denúncias, alegando que a empresa dela pressionava proprietários a venderem suas terras. Parece que eles miravam terrenos estratégicos para a expansão. Sem provas concretas, os casos foram arquivados, mas as acusações são graves.

Helena sentiu um calafrio percorrer sua espinha.
— Isso poderia ser o motivo da vingança... Mas será que Raquel teria algo a ver com o incêndio?

Do outro lado da linha, Helena ouviu uma voz chamando Lourdes.

— Preciso desligar agora, mas assim que descobrir mais alguma coisa, te aviso.

— Lourdes, só mais uma coisa. — A voz de Helena saiu firme. — Me envie essas denúncias por e-mail.

— Pode deixar.

Antes de desligar, Helena acrescentou:
— E obrigada, Lourdes. Por tudo.

— Sempre que precisar, Helena.

Quando a ligação terminou, Helena ficou ali, segurando o telefone. A revelação transformava tudo. O passado estava de volta, mais perigoso do que nunca. E agora, mais do que nunca, ela sabia que estava chegando perto.

Helena sentou-se à mesa da cozinha e ligou seu laptop. O café ainda fumegava na caneca ao lado, mas ela sequer pensou em tomar um gole. Seus dedos tamborilavam na mesa, enquanto aguardava ansiosamente o e-mail de Lourdes com as denúncias prometidas.

Assim que a tela inicial carregou, notou uma nova notificação de e-mail. Não era de Lourdes, mas sim de Carmem, a supervisora do abrigo Três Marias, onde Filipe Ferreira havia passado boa parte de sua adolescência. O assunto era direto e carregava uma ponta de urgência: "Foto de Filipe".

Helena sentiu o coração acelerar. Abriu o e-mail imediatamente.

" Olá, Helena. Consegui com uma das professoras uma foto de Filipe em seu último ano conosco. Ele tinha 18 anos. Está em anexo. Espero que ajude". — a mensagem era breve, mas suficiente para atiçar a curiosidade de Helena.

Com a respiração suspensa, ela clicou no anexo. A imagem carregou lentamente, revelando uma foto de uma turma inteira. O ambiente parecia ser uma sala de aula improvisada, com cadeiras de madeira alinhadas de forma desordenada e um quadro negro ao fundo. No canto inferior da imagem, havia um círculo vermelho ao redor de um jovem, indicando o Filipe Ferreira.

Helena se aproximou da tela, fixando o olhar no rosto do rapaz. Cabelos escuros, traços marcantes, olhar sério. Havia algo naquela expressão que lhe parecia estranhamente familiar, mas ela não conseguia definir exatamente o quê.

— De onde eu conheço você? — murmurou, quase sem perceber.

A dúvida a consumia. Seria Filipe o mesmo garoto de 13 anos que ela conhecera anos atrás? Ou talvez tivesse cruzado com ele em algum outro momento de sua vida? Ou, quem sabe, aquela expressão lhe lembrava alguém próximo? A sensação de familiaridade era inquietante, mas a foto, desgastada pelo tempo, dificultava qualquer certeza. Afinal, era de uma década atrás.

Decidida, imprimiu a foto, ainda tentando encaixar as peças. Enquanto a impressora trabalhava, uma nova notificação surgiu na tela. Lourdes.

Helena abriu o e-mail rapidamente:
— Helena, encontrei duas denúncias antigas relacionadas à empresa de Raquel. Seguem em anexo.

Helena clicou nos anexos e leu os documentos com atenção. As denúncias eram diretas e detalhavam casos de coação, onde pequenos proprietários foram pressionados a vender seus terrenos. Helena anotou cuidadosamente os nomes e os endereços mencionados. Eram dois locais ambos afastados do centro da cidade, em regiões periféricas e isoladas.

Sem perder tempo, Helena pegou sua bolsa, o casaco e a foto impressa. Algo naquela história estava errado, e ela precisava entender o que. As conexões estavam começando a se formar, mas ainda havia peças soltas.

Dirigindo pelas ruas da cidade, Helena sentia a tensão crescente em seu peito. As palavras de Lourdes ecoavam em sua mente. Incêndio criminoso. A possibilidade era aterradora, mas não improvável. Seria Filipe uma vítima de um esquema maior do que todos imaginavam?

Após alguns minutos, Helena deixou a cidade para trás. O primeiro endereço a levou a uma área industrial decadente, nos arredores. Ao chegar, desacelerou o carro e abriu a janela para observar melhor.

Diante dela, um galpão abandonado. As portas de ferro estavam enferrujadas, e a vegetação crescia ao redor, dando ao lugar uma aparência sombria e esquecida pelo tempo. Parecia exatamente como o armazém que esteve na noite anterior.

Helena franziu a testa, apertando o volante. Aquela visão a deixou inquieta, mas não era ali que encontraria as respostas que buscava. Ligou o carro novamente e seguiu para o segundo endereço, com a esperança de encontrar alguém que pudesse esclarecer as denúncias feitas há 15 anos.

A segunda localização ficava ainda mais distante, em uma pequena comunidade rural. A estrada de terra era cercada por árvores e campos vazios, e o silêncio era quase absoluto, quebrado apenas pelo ruído do motor do carro.

Helena parou diante de uma casa modesta, desgastada pelo tempo. Este seria o lugar onde, talvez, alguém ainda lembrasse dos acontecimentos de tantos anos atrás.

Respirou fundo e caminhou até a porta, onde a madeira envelhecida parecia guardar memórias de muitos anos. Bateu algumas vezes e esperou, ouvindo apenas o som distante do vento que soprava pelas árvores. Após um breve silêncio, a porta se abriu rangendo, revelando um senhor de idade avançada, cabelos brancos e olhar atento, mas cansado.

— Pois não? — perguntou o homem com voz rouca.

— Bom dia. O senhor se chama... — Helena consultou suas anotações rapidamente. — João Figueiredo?

O idoso franziu a testa por um momento, mas logo respondeu:

— Sim, senhora. Sou eu.

Helena sentiu um lampejo de esperança. Estava no caminho certo.

— Sr. Figueiredo, eu me chamo Helena Prado, sou investigadora da polícia.

Ele ergueu as sobrancelhas, claramente surpreso.

— Polícia? O que houve?

— Não se preocupe, senhor. — Helena adotou um tom calmo. — São apenas algumas dúvidas sobre um caso antigo. Posso entrar?

Sr. Figueiredo hesitou, mas abriu a porta, gesticulando para que ela entrasse. A sala era simples, mas acolhedora, com móveis antigos e paredes adornadas por fotografias emolduradas de tempos passados. Ele indicou um sofá gasto pelo uso, e os dois se sentaram.

— O que seria? — perguntou ele, direto.

Helena respirou fundo antes de prosseguir:

— O senhor fez uma denúncia há cerca de 15 anos contra a empresa RN logística, certo?

João ficou pensativo por um momento e depois sorriu, uma mistura de ironia e nostalgia.

— Sim, eu fiz. Mas isso foi há muito, muito tempo. Está um pouco atrasada, não acha? — brincou, embora seus olhos mostrassem um brilho de amargura.

Helena sorriu de leve, mas manteve o foco.

— Preciso entender melhor esse caso. O senhor poderia me explicar como eram essas coações? O que aconteceu exatamente? Pelo que li, houve intimidações verbais.

A expressão de João endureceu. Ele endireitou a postura e sua voz tornou-se grave.

— Intimidações verbais? Eles eram loucos e gananciosos. No começo, vieram com sorrisos, como a senhora. Bateram à minha porta oferecendo dinheiro pela casa. Eu disse que não. Aqui é uma casa de família, construída pela minha mãe. Essas paredes têm história, não venderia por dinheiro nenhum.

Ele fez uma pausa, seus olhos se perderam em lembranças dolorosas.

— Mas eles insistiram. Voltaram dia após dia, até que mudou quem batia à porta. Um homem enorme, devia ter uns dois metros de altura. Parecia uma parede, e o olhar dele... assustador. Aí começaram as ameaças. 'Se não vender, vai se arrepender.' Depois veio algo pior: ameaças contra minha mulher. Disse que a casa toda ia pelos ares com a gente dentro.

A voz de João tremeu levemente.

— Minha Odete ficou desesperada. Queria ir embora. Foram dias horríveis, um verdadeiro inferno. Fomos à delegacia, mas ninguém fez nada. E então... um dia, eles sumiram. Não sei se a polícia interveio ou se compraram outras casas. Só sei que deram graças a Deus por aquele pesadelo ter terminado.

Helena sentiu o peso da dor daquele homem. Segurou sua mão com delicadeza.

— Sinto muito pelo que o senhor e sua família passaram. E sinto muito por não termos ajudado como deveríamos naquela época.

João respirou fundo, controlando a emoção.

— A senhora é muito gentil. Obrigado.

— E sua esposa... ela está em casa? — perguntou Helena, hesitante.

— Minha Odete faleceu há três anos. — A tristeza em sua voz era palpável.

— Meus sentimentos, senhor.

Eles passaram alguns minutos relembrando a vida que João teve com Odete. Ele sorria enquanto mostrava antigas fotografias, compartilhando histórias cheias de carinho e saudade. Helena, ao perceber que já havia obtido as informações necessárias, decidiu prolongar a conversa apenas para deixar o senhor com boas lembranças antes de partir.

— Foi muito bom conversar com o senhor — disse Helena, após um momento de silêncio, apreciando a serenidade que tomou conta da sala.

Ela estava prestes a sair quando Sr. Figueiredo, de repente, pareceu lembrar de algo.

— Espere! Sabe, há alguns anos, também veio aqui um policial perguntar sobre essa denúncia.

Helena congelou por um momento.

— Policial? Quando foi isso?

— Deve fazer uns cinco anos. Minha Odete ainda estava viva. Ele apareceu, fez umas perguntas e foi embora rápido.

— E o senhor lembra como ele era?

João coçou a cabeça, tentando puxar a memória.

— Era um cara jovem, forte. Mas, minha filha, faz muitos anos. Não lembro bem.

Helena lembrou-se da foto de Filipe Ferreira. Pegou-a em sua bolsa e mostrou ao senhor.

— Acha que pode ser ele?

João olhou para a foto, os olhos estreitos tentando reconhecer algo.

— Não sei dizer com certeza. Foi tudo tão rápido...

Helena assentiu.

— Entendo. Obrigada mesmo assim, Sr. Figueiredo.

Eles se despediram, e Helena saiu da casa com um nó na garganta.

Helena entrou no carro, fechando a porta com força, como se pudesse afastar o turbilhão de pensamentos que a atormentava. Ligou o motor e começou a dirigir, mas sua mente estava longe das ruas à sua frente.

Ela apertou o volante com força, sentindo a raiva subir à superfície.
— Então foi isso... — murmurou para si mesma, os olhos fixos na estrada, mas a mente presa às revelações. — A família de Filipe foi assassinada. Como eu não percebi? Como deixei isso passar?

A culpa se misturava à frustração. O incêndio, o terreno comprado logo depois pela empresa de Raquel... Agora fazia sentido. Filipe estava buscando vingança contra aqueles responsáveis pela destruição de sua família. Mas então, a dúvida ressurgiu. E o primeiro assassinato?

— Carlos Brandão... — Helena sussurrou. — Qual a ligação dele com tudo isso?

Antes que pudesse aprofundar o raciocínio, seu telefone tocou. O nome de Augusto apareceu na tela, interrompendo seus pensamentos.

— Oi, Augusto — atendeu, tentando esconder a tensão na voz.

— Helena, a gente combinou de almoçar. Onde você está?

Ela suspirou, tentando se recompor.
— Estou chegando no centro da cidade.

— Ótimo. Estou te esperando no restaurante perto da delegacia.

— Combinado. Já estou a caminho.

Desligando o telefone, Helena se concentrou em terminar o trajeto. Ao chegar ao restaurante, viu Augusto à sua espera na entrada. Ele a recebeu com um abraço caloroso, um toque de apoio que ela nem sabia que precisava.

— Helena, está difícil acreditar que Ramos te tirou do caso. Você estava tão perto... — disse ele, a voz carregada de indignação. — Quero que saiba que assumi toda a responsabilidade pelo armazém. Não foi você quem me colocou em perigo. Foi uma decisão conjunta.

Helena sorriu, tocando suavemente o braço dele.
— Obrigada por me defender e por tudo que tem feito. Mas eu entendo a decisão do Ramos. Eu fui imprudente.

Antes que Augusto pudesse responder, a garçonete se aproximou com os cardápios. Eles fizeram seus pedidos rapidamente e, assim que a garçonete se afastou, Augusto voltou ao assunto.

— Mas por que você não me chamou para ir com você à casa do Paulo? Fiquei sabendo do que aconteceu... — A preocupação era evidente em sua voz.

Helena baixou os olhos para a mesa, refletindo por um momento antes de responder.
— Você já tinha me ajudado muito, Augusto. E, naquela situação, não havia tempo para planejamento. Eu tive que agir rápido... infelizmente, não cheguei a tempo.

A dor em sua voz era palpável. Augusto segurou a mão dela por um instante, num gesto de conforto. Sabia que Helena estava carregando um fardo pesado, e ele estava disposto a ajudá-la a suportá-lo, mesmo que ela não pedisse.

Helena fitou Augusto com intensidade, sua voz firme ao declarar:

— Eu não vou desistir, Augusto. Tenho que encontrá-lo.

Os olhos de Augusto encontraram os dela, e ele enxergou uma determinação inabalável, a obstinação de quem havia tornado aquele caso algo mais do que profissional. Para Helena, aquilo era pessoal. Ele suspirou, preocupado.

— Helena, você sabe que foi afastada. Ramos te colocou de férias justamente para que você se afastasse desse caso. Por favor, tenha cuidado. Você pode colocar sua carreira em risco.

Helena percebeu naquele momento que, por mais querido que Augusto fosse, ele jamais cruzaria a linha do protocolo por sua causa. Por isso, decidiu que era melhor não compartilhar com ele as novas descobertas. Antes que pudesse responder, o telefone começou a vibrar na mesa. Helena olhou rapidamente para o visor: Mauro.

Ela se levantou de forma abrupta, guardando o celular no bolso enquanto pegava sua bolsa.

— Tenho que ir, Augusto. Obrigada por tudo.

— Mas, Helena, espera! — Augusto tentou retê-la, claramente preocupado. — Nem almoçamos, e ainda temos muito a conversar.

Ela apenas balançou a cabeça, já a caminho da saída.

— Fica para a próxima! — disse por cima do ombro, apressada.

O telefone continuava tocando enquanto Helena se afastava do restaurante. Assim que saiu para a rua, atendeu a ligação:

— Mauro? — disse, com a respiração levemente ofegante.

— Oi, Helena. A Lourdes praticamente me obrigou a te ligar. Tenho uma informação para você.

Helena sorriu.
— Diga-me, Mauro. Qual informação?

Do outro lado, ele esclareceu com um tom mais sério:
— Desde que você mencionou que o assassino estava te enviando mensagens de texto, comecei a monitorar seu celular. A ideia era tentar interceptar qualquer SMS assim que chegasse. O problema é que esses dados são criptografados rapidamente, então o processo precisa ser ágil.

Helena ficou em silêncio, atenta a cada palavra. Mauro prosseguiu:

— Ontem à noite, quando você recebeu aquele último SMS, consegui algo. Consegui identificar o número de quem te enviou a mensagem.

Helena sentiu o coração disparar. A excitação tomou conta dela como uma onda, apagando, por um momento, todo o cansaço acumulado.

— Mauro! Excelente trabalho! — disse com energia. — Por favor, me envie esse número imediatamente.

— Já estou mandando para você — respondeu Mauro, o som do teclado ao fundo indicando que ele estava digitando. — E, ah... Essa informação? Vamos repassar ao Augusto mais tarde. Então, por enquanto, você tem um tempo para trabalhar nisso por conta própria.

— Perfeito. Obrigada, Mauro, e diga à Lourdes que eu agradeço também. De verdade. Vocês dois estão sendo incríveis.

— Se cuida, Helena.

A ligação se encerrou, e, logo em seguida, o celular de Helena vibrou com a chegada de uma mensagem. Ela abriu a notificação com rapidez, os olhos fixos no número de telefone que Mauro havia enviado.
Era um pequeno avanço, mas Helena sabia que cada peça importava. A adrenalina percorreu seu corpo.
--

Helena segurava o telefone com firmeza, os olhos fixos no número que Mauro havia enviado. A mente girava em alta velocidade, até agora ela estivera sempre atrás de Filipe Ferreira- o vigilante. Sempre reagindo, correndo para alcançar suas ações. Mas aquilo precisava mudar.

Ela respirou fundo, tentando organizar os pensamentos. Era hora de tomar a dianteira, inverter o jogo. Filipe havia se comunicado, guiando-a por um labirinto de pistas cuidadosamente planejado, mas agora era Helena quem ditaria o próximo passo.

Formulou a mensagem com precisão, escolhendo cada palavra com cautela.

"Filipe, sei que é você e quero te encontrar no galpão onde tudo aconteceu anos atrás."

Antes de apertar o botão de envio, hesitou. Seu coração batia acelerado. Não era apenas uma mensagem; era um confronto direto. Com um gesto decidido, pressionou "enviar". O telefone emitiu um som curto, e uma onda de determinação a envolveu. Finalmente, ela assumia o controle, mostrando que sabia quem ele era e que entendia os sinais que ele vinha enviando, as dores que o moviam.

Guardou o celular no bolso, caminhando até o carro. Mas, antes mesmo de abrir a porta, o aparelho vibrou novamente. Rapidamente, ela pegou o telefone. Na tela, a resposta curta e direta:

"Me encontre lá às 3 da manhã."

Helena sentiu uma mistura de triunfo e inquietação. Ela havia conseguido estabelecer contato com Filipe, trazendo-o para o confronto que tanto precisava. Faltava pouco para encerrar essa história, deter os assassinatos e talvez, finalmente, ajudar Filipe a confrontar seus demônios. Contudo, ao mesmo tempo que a confiança crescia, uma sensação de alerta tomou conta de seu peito.

Três da manhã.

Aquele horário não era aleatório. Era um convite ao desconhecido, um momento escolhido para aumentar a tensão e criar uma atmosfera de vulnerabilidade. Helena sabia que Filipe era perigoso e que, assim como ela planejara seus passos, ele provavelmente havia feito o mesmo.

Ela entrou no carro e ligou o motor, segurando o volante com força enquanto os pensamentos fervilhavam. Era a única chance de acabar com o ciclo de vingança, precisava estar preparada para tudo: resistência, fuga ou até mesmo violência. Filipe era um homem quebrado, guiado pela dor e pela sede de justiça, o que o tornava imprevisível.

Enquanto dirigia pelas ruas da cidade, começou a traçar mentalmente um plano. Sabia que não poderia contar com apoio oficial; estava afastada do caso e agindo por conta própria. Cada passo precisaria ser calculado, cada movimento planejado.

O relógio marcava 14h30 quando uma decisão importante a atingiu. Ela não se sentia segura em casa e precisava de um lugar para descansar e reorganizar suas ideias. Escolheu um hotel discreto no centro da cidade, afastado o suficiente para evitar ser rastreada.

No quarto, a primeira coisa que fez foi enviar uma mensagem para Lourdes:

"Me ligue assim que sair da delegacia."

Em seguida, tomou um banho quente, tentando aliviar a tensão que pesava sobre seus ombros. O vapor da água parecia carregar parte do cansaço acumulado, mas a exaustão emocional ainda era um fardo. Deitou-se na cama, os olhos pesados, e antes que pudesse organizar seus próximos passos, o sono a dominou.

O som do celular vibrando ao seu lado a despertou às 20h. Helena abriu os olhos lentamente, sentindo o corpo ainda pesado pelo descanso interrompido. Pegou o aparelho e viu o nome de Lourdes na tela.

— Oi, Lourdes — disse, a voz ainda rouca de sono.

— Helena, você está bem? Onde você está? — perguntou Lourdes, direta.

Helena sentou-se na cama, esfregando os olhos. — Estou bem, em um hotel. Precisava descansar.

— Lourdes, estabeleci contato com o vigilante e vou me encontrar com ele nesta madrugada, no galpão.

A voz de Helena era firme, mas Lourdes, do outro lado da linha, não conseguiu esconder a apreensão.

— Você vai sozinha? — perguntou, alarmada. — Isso é muito arriscado, Helena. Você está afastada, e sem apoio oficial... Se algo der errado...

Helena respirou fundo, tentando passar confiança, mesmo com a tensão latente que sentia.

— Sim, eu sei. — A firmeza na sua voz contrastava com o leve tremor de sua mão. — Por isso estou te ligando. Não posso contar com o Augusto desta vez. Ele já me ajudou muito, mas agora... sei que ele não quebraria o protocolo, mesmo que quisesse.

Lourdes fez uma pausa, processando o que ouvia.

— E o que você precisa de mim? — perguntou, sua voz agora mais contida.

Helena passou rapidamente o plano que tinha em mente. Lourdes ouviu atentamente, interrompendo apenas para confirmar detalhes ou esclarecer algo.

— Certo. Vou fazer exatamente como você disse. Mas, por favor, tome cuidado, Helena. Esse homem é perigoso.

— Pode deixar, Lourdes. Obrigada por tudo. — Helena encerrou a chamada, olhando para o telefone em suas mãos antes de colocá-lo ao lado. Por um momento, ela ficou encarando a janela do quarto de hotel. Lá fora, a cidade estava tranquila, mas dentro dela, o caos reinava.

Ela sabia que a madrugada traria respostas, mas também riscos.

Ás 03:00h Helena chega ao galpão, o ambiente estava completamente escuro, sem postes ou qualquer iluminação além dos faróis do carro de Helena, que cortavam a escuridão densa com dois feixes de luz amarelada. Ela estacionou o veículo de frente para o galpão e respirou fundo, sentindo o peso do momento em seus ombros.

Desceu do carro, deixando os faróis acesos, e caminhou em direção à entrada. O galpão era uma construção velha e desgastada pelo tempo, com uma porta metálica que rangia com o vento. Helena já conhecia o local — havia estado ali na noite anterior, mas agora tudo parecia mais ameaçador.

Ao alcançar a porta, ela parou por um instante, os olhos fixos no escuro à sua frente. Com um movimento firme, empurrou a porta, que rangeu alto ao se abrir. Helena sacou a pequena lanterna que trazia no bolso, ligando-a enquanto entrava no galpão.

A escuridão lá dentro parecia ainda mais pesada, sufocante. Ela varreu o ambiente com o feixe de luz, revelando pilhas de caixas antigas, vigas de ferro corroídas e um chão coberto de sujeira e detritos. O lugar parecia abandonado, mas a sensação de que estava sendo observada não a abandonava.

— Olá? — sua voz ecoou pelo galpão vazio. — Alguém está aí? Filipe?

O silêncio respondeu por um momento, quebrado apenas pelo som do vento atravessando as frestas nas paredes. Helena avançou, cada passo pesado, ressoando como tambores no vazio.

Sua mão tocava a arma escondida na parte de trás da cintura, protegida pelo casaco. Sabia que estava sozinha, sem reforços, e que Filipe era imprevisível. Ainda assim, manteve-se confiante.

— Filipe, estou aqui. Vim sozinha.

De repente, um ruído à sua direita. Helena girou a lanterna rapidamente, iluminando caixas empilhadas. Nada além disso. Sua respiração acelerou, mas ela continuou avançando.

A tensão era palpável. Sentia-se observada, como se Filipe estivesse escondido nas sombras, estudando seus movimentos.

— Eu sei o que aconteceu com sua família, Filipe, — disse, sua voz firme cortando o silêncio. — Eu sei o que eles fizeram. E sei que nós falhamos com você e que não fizemos justiça. Mas isso não precisa continuar.

O som de passos lentos ecoou ao redor dela, fazendo seu corpo enrijecer.

— Há... só agora você sabe? — A voz de Filipe ecoou, carregada de dor e ironia.

Helena girou a lanterna para a direção de onde vinha o som, mas tudo que encontrou foi vazio. Apenas a escuridão.

— Saia das sombras, Filipe. Vamos conversar cara a cara.

Uma risada amarga ecoou pelo galpão.

— Cara a cara? — a voz dele soou, aproximando-se. — Como você pode falar de justiça quando eles destruíram tudo o que eu tinha e saíram impunes? Você acha que palavras vão mudar algo agora?

Helena sentiu que conhecia aquela voz , soava familiar, ela respirou fundo tentando manter o controle. Precisava ganhar a confiança dele, mas o medo começava a se infiltrar em sua determinação.

— Não. Palavras não vão mudar o que aconteceu, e sei que falhei com você naquela época. — Sua voz agora carregava um tom de sinceridade e remorso. — Mas estou aqui agora, Filipe. Me deixe ajudar. Podemos fazer isso do jeito certo.

Um som metálico ecoou próximo a ela, como algo caindo no chão. Helena congelou por um momento, o instinto levando sua mão novamente à arma. Ainda assim, não a puxou.

— O jeito certo? — Filipe sussurrou, quase zombando. — E o jeito certo ajudou minha família, Helena? Salvou alguém?

Ela fechou os olhos por um instante, sentindo o peso de cada palavra dele. Quando os abriu, o feixe de luz continuava a iluminar apenas a escuridão.

— Não. O jeito certo falhou naquela época. Eu falhei. — Helena admitiu, sua voz quase um sussurro. — Mas estou aqui agora porque acredito que ainda há uma chance de fazer as coisas certas. Me deixe ajudar você, Filipe.

O silêncio que se seguiu parecia esmagador. Helena sentiu o ar ao seu redor pesar, como se o destino daquele momento estivesse prestes a ser decidido. As sombras pareciam dançar ao seu redor, e cada segundo de espera era uma eternidade.

Então, ela ouviu passos se aproximando, lentos, deliberados. O som ecoava por todo o galpão, vindo de várias direções, confundindo-a.

Helena apertou a lanterna com força, mantendo a mão na arma. O feixe de luz da lanterna de Helena oscilava, iluminando os contornos sombrios do galpão. Foi então que ela percebeu, ao longe, a silhueta de um homem emergindo das sombras. Seu coração disparou.

Com um gesto rápido, apontou a lanterna diretamente na direção dele, mas a escuridão densa e a distância ainda dificultavam que ela visse quem era. O homem avançava lentamente, cada passo ecoando no ambiente vazio. Helena estreitou os olhos e percebeu que ele usava um capuz. Estava vestido completamente de preto, como uma sombra viva.

— Filipe? — chamou ela, tentando manter a voz firme, mas não conseguindo esconder a tensão.

Ele continuou caminhando, os passos lentos e calculados. De repente, parou. Com um movimento deliberado, ergueu a cabeça e puxou o capuz, revelando seu rosto sob a luz trêmula da lanterna.

Helena congelou.

— Augusto? — Sua voz saiu em um sussurro incrédulo.

Era impossível. Seu parceiro de confiança, com quem havia trabalhado lado a lado durante anos, estava ali, no meio de tudo isso. Por um instante, sua mente girou, tentando conectar as peças de um quebra-cabeça que ela nem sabia existir. A mistura de choque e o sentimento de ter sido enganada a paralisaram.

Augusto sorriu, mas era um sorriso vazio, carregado de ironia.

— Olá, Helena. Trabalhou tanto comigo e não conseguiu lembrar de mim? Eu sou aquele garoto, de 15 anos atrás, que você não ajudou.

A confusão na mente dela se transformou em uma tempestade. Como aquilo era possível?

— Como pode ser você, Augusto? — Helena balbuciou. — Você sempre esteve ao meu lado. Sempre me ajudou. Como pode ter chegado a isso?

Augusto estreitou os olhos, a raiva transparecendo em sua voz.

— Você faz parte disso, Helena. Você ajudou a criar quem eu sou hoje. A culpa também é sua.

Helena tentou processar as palavras dele, enquanto lembranças do tempo que passaram juntos passavam por sua mente como flashes. O peso da revelação caiu sobre ela como um golpe: todo o tempo em que investigava o caso, o verdadeiro assassino estava ao seu lado. Ele havia dormido sob o mesmo teto, compartilhado refeições e confidências.

Ela respirou fundo, lutando para manter a calma. Precisava trazê-lo de volta à razão.

— Augusto, eu sinto muito pelo que aconteceu com você. De verdade. — Sua voz agora era sincera, mas carregada de urgência. — Eu sei que errei anos atrás. Tudo parecia uma explosão de gás. Não havia indícios criminais. Mas era o início da minha carreira. Talvez eu não tenha enxergado algo que estava bem diante de mim. Por favor, deixa eu te ajudar agora. Você precisa parar com isso.

Augusto soltou uma risada amarga.

— É fácil falar "errei, desculpa". Foi isso que todos me disseram antes de morrer. Mas nada apaga o que eu passei. Fiquei sozinho, sem família. Fui jogado naquele abrigo imundo. — Ele deu um passo à frente, o rosto agora à mostra, com olhos brilhando de mágoa e fúria. — E sabe por quê? Porque ninguém fez nada. Porque você não fez nada. Foi por isso que decidi ser o que você nunca foi: justo.

Helena sentiu o peso da culpa em cada palavra dele.

— Então você mudou seu nome e planejou sua vingança... tudo isso, durante anos?

Ele assentiu, com um orgulho sombrio.

— Sim. Esperei pelo momento certo. Investiguei cada passo daquelas pessoas que destruíram minha família e a vida de tantos outros. Fiz o trabalho que você não fez. Descobri o que realmente aconteceu, eles acabaram com minha família por dinheiro. A única coisa que restou foi este relógio — murmurou Augusto, a voz embargada pelo peso das lembranças. Ele levou a mão ao bolso do casaco e retirou um pequeno relógio de bolso, o metal gasto e arranhado refletindo a luz de forma opaca.

Segurando-o com delicadeza, como se fosse o próprio coração, ele o abriu, revelando os ponteiros parados.

— Era do meu pai — continuou, a voz quase se quebrando. — Está quebrado, congelado às 3h15... exatamente no momento do acidente.

Os olhos de Helena se fixaram no objeto, enquanto um silêncio carregado se instalava entre os dois. Aquele relógio não era apenas uma lembrança; era uma marca eterna do tempo que havia parado para Augusto, do instante em que tudo foi tirado dele.

Helena tentando manter a calma diante da raiva incontrolável de Augusto.

— Filipe. — O nome verdadeiro dele escapou de seus lábios, com um tom gentil. — Sei que você carrega uma dor imensa. Sei que está cheio de mágoa. Mas não precisa fazer o mesmo que fizeram com sua família. Justiça não é isso. Existe uma maneira correta.

Augusto riu, amargo e cheio de desprezo.

— Não há mais tempo para isso. — Ele ergueu a lanterna em sua mão, apontando para um relógio antigo na parede. Eram 03h15. — Hoje eu termino o que comecei. Você é minha última peça, Helena. Faz parte deste jogo sujo. Você fechou os olhos para o que aconteceu. E agora, aqui, neste lugar onde tudo aconteceu com a minha família, será o fim.

Helena sentiu o perigo palpável no ar. Ele queria matá-la. Sabia disso. Mantendo a calma, ela focou em suas palavras.

— Augusto, você não é essa pessoa. Eu te conheço há anos. Todos os dias, você foi alguém atencioso, gentil. Não é esse monstro que quer vingança a qualquer custo. Pensa com a razão. Isso não vai te levar a lugar nenhum.

Por um momento, Augusto hesitou, mas logo respondeu:

— Foram anos, Helena. Anos de estudo, planejamento, determinação. Tudo para chegar até aqui. Minha vingança é o que me manteve vivo.

Helena deu um passo à frente, tentando encontrar um resquício do homem que conhecia.

— Sua vingança criou mais vítimas, Augusto. Você deixou o Pedro, um menino de 15 anos, sem pai e sem mãe. Ele está vivendo o mesmo inferno que você viveu.

Augusto piscou, confuso.

— Pedro? Eu... eu não sabia que ele estava lá naquela casa.

Helena viu a rachadura na armadura dele e a pressionou.

— Agora ele é um órfão, como você. Vai crescer com o mesmo vazio, a mesma raiva, e talvez se transforme em alguém como você. É isso que você quer para ele? Criar um ciclo infinito de dor e destruição?

Augusto desviou o olhar, perturbado. A visão que Helena descreveu o atingiu como um soco. Ela continuou:

— Você pode mudar isso, Filipe. Pode quebrar o ciclo. Justiça não é vingança. Eu sei que falhei com você, mas ainda há tempo de fazer o certo. Por favor, Augusto... não deixa a dor te consumir completamente.

Ele ficou em silêncio por um longo momento, o peso das palavras dela finalmente penetrando em sua mente. As sombras no galpão pareciam parar de dançar, enquanto ele encarava o relógio, os ponteiros avançando lentamente.

Augusto apertava a arma com força, os olhos fixos em Helena. Seu rosto estava carregado de raiva e desespero.

— Helena, não há mais tempo para isso. Já estou no final. Só falta você.

Ele levantou a arma, apontando diretamente para ela. Helena sentiu o coração disparar, mas manteve-se firme, encarando-o com uma mistura de coragem e vulnerabilidade.

Antes que Augusto pudesse fazer qualquer movimento, uma voz feminina ecoou pelo galpão.

— Pare!

O grito alto e autoritário cortou o ar como uma faca. Augusto virou a cabeça, confuso, procurando de onde vinha aquela voz. O galpão parecia vazio, mas a voz feminina insistia.

Helena aproveitou a distração e tirou o celular do bolso, exibindo a tela para Augusto. Ele parou, surpreso. Na chamada de vídeo ativa, ele viu dois rostos familiares: Lourdes e Ramos.

— Helena, tomei a liberdade de chamar o Ramos — disse Lourdes, séria, com a voz firme.

Antes que Augusto pudesse reagir, Ramos interveio.

— Augusto, os reforços estão a caminho. Não há mais saída para você. É melhor se entregar agora.

A confusão tomou conta de Augusto. Ele oscilou por um momento, olhando para a tela do celular, depois para Helena.

— A chamada esteve ativa o tempo todo, Augusto — disse Helena com calma, tentando não agravar a situação. — Eles ouviram tudo. Sabem quem você é. Agora, não há mais por onde escapar. É hora de se entregar.

Augusto balançou a cabeça, perturbado, como se estivesse tentando expulsar as vozes em sua mente.

— Então é assim que você queria me ajudar? É assim? — Ele gritou, a frustração evidente.

Ele voltou a apontar a arma para Helena, a respiração pesada.

— Eu não tenho mais nada a perder.

De repente, um estrondo ensurdecedor rompeu o silêncio. A explosão foi tão intensa que o chão tremeu sob os pés de Helena, caixas e paletes cairam de todos os lados.

Tudo estava escuro, a única coisa que conseguia ouvir, vagamente, foi a voz de Lourdes gritando desesperada pelo celular:

— Helena! Helena! Você está bem?

E Ramos, com um tom urgente:

— Reforços, rápido! Precisam chegar lá agora!

Lentamente, Helena começou a recobrar os sentidos. A poeira ainda estava no ar, dificultando a visão e a respiração. Com esforço, ela se levantou, dolorida, empurrando destroços de cima de seu corpo.

Pegou a lanterna que havia caído perto dela e iluminou o ambiente ao redor. Era um caos absoluto. Pedaços de madeira e metal estavam espalhados por todo o lado. Então, seu olhar se fixou em algo.

Debaixo de uma viga de madeira caída, ela viu Augusto. Ele estava deitado de barriga para cima, imóvel.

— Augusto! — chamou Helena, correndo até ele e se ajoelhando ao seu lado.

Com cuidado, ela empurrou a madeira que estava sobre ele, revelando seu corpo. Seus olhos se arregalaram ao ver o ferimento em seu peito. Sangue escorria, ele havia sido alvejado.

Ela olhou ao redor, procurando por qualquer sinal de quem poderia ter disparado. Foi quando, no fundo do galpão, sua lanterna captou um vulto. Uma figura escura estava correndo, afastando-se rapidamente.

— Quem é você? — Helena gritou, mas a pessoa já estava longe, desaparecendo nas sombras da noite.

Ela voltou sua atenção para Augusto, que abriu os olhos.

— Augusto, aguente firme. Não desista agora.

Augusto tentou sorrir, mas sua expressão era de dor.

— Talvez... o destino tenha me alcançado antes de você...

Helena sentiu um nó na garganta. Por mais que ele tivesse cometido crimes terríveis, não conseguia ignorar os anos que haviam passado juntos. O homem que estava morrendo em seus braços era uma mistura de vítima e algoz.

Ao longe, Helena ouviu sirenes se aproximando. Olhou novamente para o ponto onde o vulto desaparecera, as sombras da noite parecendo engoli-la junto com suas perguntas. Quem era aquela pessoa? Uma angústia crescente apertava seu peito, será que esse ciclo de dor e vingança jamais teria fim?

Ela desviou os olhos para Augusto, agora imóvel no chão, o corpo estirado sob a luz tremeluzente de sua lanterna. Suas mãos estavam sujas de sangue, o peso da perda finalmente desabando sobre ela. Não era apenas a dor de perder um amigo, mas a culpa por não ter conseguido salvá-lo de si mesmo. As lágrimas começaram a escorrer pelo rosto de Helena, silenciosas, mas intensas.

Os reforços finalmente chegaram, policias e paramédicos invadiram o espaço como uma onda, afastando Helena do corpo de Augusto. Ela tentou resistir, mas suas forças pareciam drenadas, e seus passos a levaram para trás como se obedecessem a uma coreografia ensaiada pela exaustão.

O mundo ao seu redor tornou-se um borrão de movimentos e sons. Os paramédicos inclinavam-se sobre Augusto, checando por sinais de vida que ela sabia que não encontrariam. Policiais faziam perguntas que ela mal conseguia ouvir, muito menos responder. Tudo parecia um flash desconexo, como se estivesse assistindo a cena através de uma tela embaçada.

Por um instante, ela desviou o olhar para a floresta ao redor, uma vastidão sombria e opressora que parecia engolir qualquer traço de luz ou esperança. O silêncio entre as árvores era quase ensurdecedor, um contraste gritante com o caos ao seu redor. E, naquele momento, enquanto encarava a imensidão escura da noite, uma promessa tomou forma em sua mente.

Helena sabia que havia muito a ser respondido, muito a ser reparado. A dor e o peso do fracasso não seriam facilmente superados, mas ela continuaria. Não por redenção, mas pela necessidade de buscar o que era certo. Porque, de alguma forma, mesmo tardia e ofuscada por tantas sombras, a verdade sempre encontraria seu caminho. E ela lutaria, até o último fio de força que tivesse, para que esse caminho fosse percorrido.

Fim.